AF571357

LES COMPLAINTES

Roman

Collection : *Nouvelles Lettres Sénégalaises (NLS)*

NOUVELLES LETTRES SENEGALAISES (NLS)

Collection dirigée par Abdoulaye Diallo

Dernières parutions

Ibrahima Hane , ERRANCE , roman, « Nouvelles Lettres Sénégalaise », mars 2022

Ibrahima Hane, LES DIEUX DE LA BROUSSE NE SONT PAS INVULNÉRABLES, roman, « Nouvelles Lettres Sénégalaise » , mars 2022

Abdoulaye Elimane Kane, LES DISSIDENTS, roman, « Nouvelles Lettres Sénégalaise », novembre 2021

Marouba Fall, ORATORIO D'UN VERBIVORE Tout juste écrire! « Nouvelles Lettres Sénégalaise » mai 2021

Ameth Guissé, AUTOUR D'ANITA, roman, « Nouvelles Lettres Sénégalaise », avril 2021

Mouhamadou Falilou Dioum, UN CRI SURGI DE LA NUIT, roman, « Nouvelles Lettres Sénégalaise », janvier 2021

Falia, CI-GISENT NOS DIEUX. « Nouvelles Lettres Sénégalaise » septembre 2020

Marouba Fall, BLESSURE D'AMOUR Roman-poème du drame d'un couple mal assorti ,« Nouvelles Lettres Sénégalaise », aout 2020

Abdoulaye Elimane Kane , CROCODILE-VILLE, roman , « Nouvelles Lettres Sénégalaise », aout 2020

Ibrahima Hane, L'ÉCUME DU TEMPS, roman, « Nouvelles Lettres Sénégalaise », juin 2020

Abdoul Kane, LES EAUX NOIRES, roman, « Nouvelles Lettres Sénégalaise », mai 2020

Seydi Sow, UN FLEUVE DE SILENCE POUR LES LARMES DU CŒUR, roman, « Nouvelles Lettres Sénégalaise », avril 2020

Khalil Diallo, À L'ORÉE DU TRÉPAS, roman, « Nouvelles Lettres Sénégalaise », octobre 2018

Marouba Fall, CASSEURS DE SOLITUDE, roman, « Nouvelles Lettres Sénégalaise », novembre 2012

Jules NDOTTY

LES COMPLAINTES

Roman

NLS

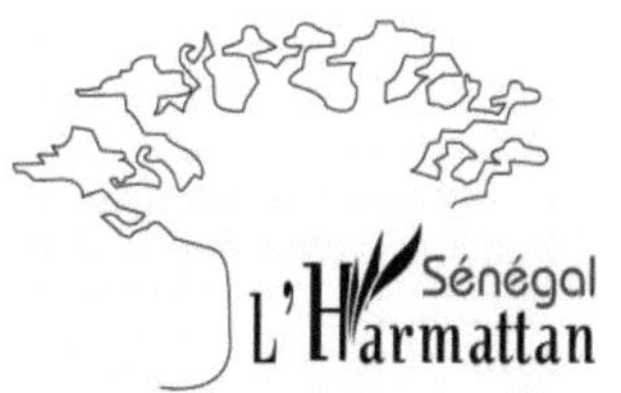

Du même auteur

- Au nom du père et du fils, roman (2021, éditions Karmalaa)
- Les deux amis, les tresses et la viande, recueil de contes (2020, Rüdiger Köppe Verlag)
- Dictionnaire des proverbes balant (2018, Rüdiger Köppe Verlag)
- Fragments de mémoire, roman (2018, Fama éditions)
- Étude linguistique des proverbes balant (2017, Lincom Europa)
- Les songes de Nseka, roman (2016, Atramenta)
- Festins du deuil, recueil de nouvelles (2015, Jets d'Encre)
- Et un temps pour parler, roman (2014, Jets d'Encre)

10 VDN, Sicap Amitié 3, Lotissement Cité Police, DAKAR

direction@senharmattan.com
librairie@senharmattan.com

ISBN : 978-2-14-034311-7
EAN : 9782140343117

Dédicace

À ces valeureux hommes et femmes qui travaillent nuit et jour pour apporter le sourire et une lueur d'espoir aux impactés.

Tel un cheveu sur la soupe, elle nous jette la mort en pleine figure. Elle envahit notre quotidien : des hôpitaux débordés, des comateux, des malades en attente de l'instant fatidique, des patients qui doutent, des personnes qui ont lutté jusqu'au dernier souffle contre elle, des médecins dépassés… Ajouté à ce tableau, le décompte macabre des médias qui montrent les dépouilles alignées, et des fosses communes. La mort est partout et l'humanité se met à découvrir que c'est l'élément résiduel de tout problème. Son imaginaire crée la suspicion chez les individus qui pensent que c'est l'autre qui est à l'origine de leur malheur. Du coup, les relations changent. Chacun se barricade, dresse sa baie vitrée, et multiplie les gestes barrières. Les villes sont devenues de vastes prisons à ciel ouvert et les maisons transformées en cellules.

C'est comme si elle donnait raison à Spinoza qui présente la mort comme un élément extérieur à la vie. L'idée est que la mort n'est pas, par essence, inscrite dans la vie de l'individu. Ce qui fait qu'il n'est pas disposé à l'accepter parce qu'elle est perçue comme une contingence. Sinon, comment comprendre que d'autres prennent le dessus sur elle ? Ils ont compris que l'essence même de la vie est de persévérer dans son être, c'est pourquoi l'individu n'est pas programmé pour mourir. Le fait que les rayons des supermarchés soient pris d'assaut et les étals des marchés vidés de leur contenu dénote une volonté chez l'homme de lutter contre la mort que la vie ne féconde pas. Le stress né d'un bouleversement total de notre quotidien et la peur de voir s'arrêter une vie dont les équilibres fragiles sont constamment menacés par des forces extérieures ne doivent point être perçus comme des éléments négatifs. Au contraire, ce sont des signes de résistance à faire l'expérience de la limite.

∴

Le temps est sobrement sombre ; il fait froid en ce jour à Philly. Une fine brise balaye l'atmosphère. Je remonte l'avenue Haverford ; le prédicateur vient de donner un sermon : *A dialogue with damaged people*[1], dans le courant d'un certain mois de février, celui de *Black History Month*[2].

Le prêche avait pour objet de corriger ou de faire corriger certains comportements qu'on avait érigés en règles, pourtant qui comprimaient tout élan d'épanouissement ou de jouissance d'un peuple en souffrance. S'appuyant sur les versets 8 à 13 du chapitre 3 du livre de la Genèse, il avait lu :

> *Alors ils entendirent la voix de l'Éternel, qui parcourait vers le soir, et l'homme et sa femme se cachèrent loin de la face de l'Éternel Dieu, au milieu des arbres du jardin. Mais l'Éternel Dieu appela l'homme, et lui dit : Où es-tu ? Il répondit : J'ai entendu ta voix dans le jardin, et j'ai eu peur, parce que je suis nu, et je me suis caché. Et l'Éternel Dieu dit : Qui t'a appris que tu es nu ? Est-ce que tu as mangé de l'arbre dont je t'avais défendu de manger ? L'homme répondit : La femme que tu as mise auprès de moi m'a donné de l'arbre, et j'en ai mangé. Et l'Éternel Dieu dit à la femme : Pourquoi as-tu fait cela ? La femme répondit : Le serpent m'a séduite, et j'en ai mangé...*
>
> *Le monde, très jeune, venait d'être créé, et le péché, avec toute sa suite de maux, fit aussitôt son incursion. Adam et Ève péchèrent. Ulcéré dans son*

[1] « Dialogue avec un peuple meurtri ».

[2] Le mois commémorant l'histoire des Noirs aux États-Unis d'Amérique.

for intérieur, le jeune couple édénique se cacha devant la face de son Créateur. Une discussion s'ensuivit. Des tentatives pour se soustraire, de ne pas se rendre. Peut-être pour aussi apaiser leur conscience, pour justifier leur comportement, meurtris qu'ils étaient. Voilà ce à quoi ressemble notre humanité. Voilà ce à quoi ressemble notre monde meurtri. C'est le sentiment d'un peuple meurtri. Nul besoin de rappeler l'histoire du peuple noir, en Amérique particulièrement. L'histoire est un véritable miroir. Un peuple meurtri.

Que d'enfants abusés ! Que de femmes violentées et également abusées ! Que d'hommes et de femmes meurtris, mais que notre culture tente d'ignorer, de minimiser, de ne pas reconnaître ! Où es-tu ? Comment est-ce possible pour un Être omniprésent, omniscient, de poser une telle question aux êtres que Lui-même a créés ? Dieu ne nous demande sûrement pas notre compte en banque, encore moins nos avoirs. Il n'est nullement intéressé par nos diplômes. Où es-tu ? Ici, il n'est pas question du lieu où ils se trouvent. Dieu voulait qu'ils se rendent. Qu'ils reconnaissent leur tort. Qu'ils se confessent.

Où es-tu ? Je me suis caché, parce que je suis nu. Parce que j'ai eu peur. Parce que je suis meurtri. Le seul mérite, c'est au moins de reconnaître qu'ils étaient nus, que quelque chose n'allait pas bien. Un mérite qui n'avait même plus de sens au vu de leur état. Ça allait de soi. Mais, qui t'a dit cela ? Qui t'a appris tout cela ? Qu'est-ce que tu as fait ? L'histoire de l'humanité, c'est une histoire de meurtrissures. L'histoire des Israélites est une histoire de blessures, de violences. L'histoire de notre peuple l'est encore plus. L'humanité est blessée lorsque les hommes pensent accomplir les desseins de Dieu. Notre monde est meurtri lorsque les individus choisissent une alternative au Plan de Dieu.

Mais le peuple blessé et meurtri court. Il fuit. Il a tendance à se cacher pour enfin blâmer l'autre. Dieu confronta le jeune couple avec simplement trois questions : Où es-tu ? Qui t'a dit ? Qu'est-ce que tu as fait ? Jeunes gens meurtris, qui vous a dit... ? Peuple meurtri, qu'est-ce qu'on t'a dit à propos de ta valeur ? Ton meurtrier ne peut être celui qui reconnaît ta valeur. Ton destructeur, tu ne peux te tourner vers lui pour qu'il te dise ce qu'est ta valeur. Ta vraie valeur, ce n'est pas lui qui doit te la dire. Ce n'est pas à lui que tu dois la demander, car cela n'est pas de son ressort.

Qu'est-ce que tu as fait ? Je t'ai donné quelque chose. Tu es intelligent. Tu es fort. Tu es admirable. Tu es aimé. Je t'ai accordé des savoirs et des avoirs, mais qu'est-ce que tu en as fait, toi, peuple meurtri ? Je ne parle plus maintenant de tes ancêtres, ni de tes parents, de ce qu'ils auraient fait ou non. Mais toi, peuple meurtri, qu'est-ce que tu en as fait ? Fais quelque chose. Juste fais-le. Agis.

Cesse de courir. De fuir. Cesse de te cacher si tu ne veux plus être contrôlé par l'opinion que les autres se font de toi, par ce qu'ils pensent de toi, si tu ne veux pas être dirigé par eux. Si tu ne veux pas être évalué par eux. Fuis la politique de l'évasion et brise cette chaîne ; cette idée d'être estimé, apprécié par les autres. C'est possible. Tu le peux. Nous le pouvons. Cette humanité malade, tu peux la changer.

Je digérais ces puissantes paroles du prédicateur tandis que je longeais la route pour me rendre à 46th Street Station où je devais prendre le tramway en direction de 69th Street Transportation Center. Ecal avait dit un jour qu'ici, l'on devait éviter de s'habiller en noir. Parce que ça attire des soupçons et d'autres pensées bizarres. J'y avais peu pensé, mais elle insista en disant que c'était bien ça, la conduite à tenir si l'on ne voulait pas être appréhendé par les *coops* : « Aussi, lorsque tu es interpellé, évite de fourrer tes mains dans les poches. Tu ne dois même pas les y mettre, surtout lorsque tu marches seul dans la rue ou bien quelque part où on peut les croiser ».

Cette façon dictée de vivre, je ne pouvais comprendre la logique qui la soutenait. Mais je me dis que parfois, il est infructueux et inutile de penser à la raison ; il faut juste se plier de peur de se faire cribler de balles, parce qu'il y en avait beaucoup, de ces engins tueurs. Par moments, je projetais mes regards vers la chaussée lorsqu'un bruit cassant de moteur ou d'engin fendait l'air. Ici, on peut rouler comme on veut, parfois en bravant les règles de limitation de vitesse à certains endroits. Ici également, on aime les grosses boîtes.

Une voiture de police stationna juste sur la chaussée, au bord de la voie piétonne. L'agent avait sûrement eu une discussion vive avec la dame qui s'apprêtait à reprendre son chemin ; elle arrangeait presto quelques papiers qu'elle tenait dans ses mains. L'agent, quant à lui, avait son regard fixé vers le plancher de sa voiture, recherchant quelque chose que je ne pouvais apercevoir. Je dépassai les lieux, continuant ma méditation sur les propos du prédicateur. Mon pantalon noir peinait à contenir le froid. Seul mon manteau, aussi sombre, posé sur deux chemises me tenait. Je pressais donc le pas pour arriver à la gare, les mains fourrées dans les poches et la tête couverte d'un épais bonnet noirâtre. J'entendis une voix. Comme j'étais loin d'imaginer que c'était celle de l'agent de police, je continuais paisiblement mon chemin. Bientôt j'aperçus le bruit d'une voiture. La voiture avait laissé la chaussée, elle monta sur le trottoir et roulait maintenant pour me rattraper. Je me retournai, avisé par les regards de quelques piétons que je croisais. Elle s'arrêta. Je m'arrêtai également. L'agent me héla, mais je ne pouvais comprendre ses propos. Je décidai d'avancer vers lui, après avoir sorti mes mains de mes poches. Il ouvrit légèrement la portière de la voiture, ses lunettes posées sur son nez laissaient échapper ses regards répressifs.

- Est-ce que tout va bien, *sir*[3] ? me demanda-t-il.
- Pardon ?
- Avez-vous des soucis ?
- Non, pas du tout.
- C'est sûr ?
- Oui, c'est bien sûr. Merci !
- Je pensais que vous aviez des soucis. Parce que vous me regardiez avec un air bizarre, comme si je vous avais volé votre bien.
- Quoi ?
- Est-ce que je vous ai volé votre bien ? Vous me regardiez d'un air bizarre-là.

Je commençai à m'énerver et à être tendu. Aucun mot ne put s'échapper de ma bouche pendant un instant, pensant à chaque lettre que je devais prononcer pour ne pas l'énerver, lui aussi. Parce que souvent ça virait au pire, et chaque parole émise avait un sens et comptait. Je répondis :

---

[3] Monsieur.

– Pardon, je ne comprends pas ce que vous dites... Je ne vous regardais pourtant pas. Je viens de l'église, et... Je suis étranger ici... je suis Sénégalais.
– OK ! Bienvenue aux États-Unis alors et bon séjour.
– Merci. Au revoir et bonne journée !

Nous nous séparâmes, lui reprenant son chemin à toute vitesse, moi continuant le mien vers la gare qui était toute proche. Je tremblais presque, je ne savais pour quelle raison. La peur d'être mitraillé. Énervé par les propos peu courtois et osés de l'agent, et de ne pas être en mesure de les lui rendre. Humilié. Tout cela peut-être. À un certain moment, je compris pourquoi ça détonnait partout aux États-Unis, parfois sur des âmes innocentes qui ne s'occupaient de rien d'autre que de leurs problèmes qui les angoissaient. Et les erreurs de jugement continuaient. Les arrestations continuaient et battaient leur plein. Les prisons grossissaient. Les morts se comptaient également chaque jour que Dieu faisait. J'essayais d'oublier tout cela. Le tramway arrivait.

∴

Je pris le tramway en direction de 69th Street Transportation Center. Puis de là, le trolley pour Upper Darby. Les échos de la nouvelle de la chose étaient sur toutes les lèvres. On en parlait ici, ça revenait par là. Parfois, on avait l'impression que ça allait dans tous les sens, chacun y allant de ses propres analyses parfois anodines et drôles. Plusieurs fois, les commentaires faisaient beaucoup réfléchir. Les médias relayaient les informations glanées çà et là des experts en Santé publique et autres spécialistes qu'on sollicitait. Là aussi, certaines analyses ne concordaient pas. Des origines de la chose aux mesures préventives à prendre, en passant par les modes de transmission, on entendait tout et tout. Aujourd'hui on parlait de ceci, mais dès le lendemain, on revenait avec de nouvelles trouvailles ou suppositions. C'était comme si tout le monde, les savants et consorts, n'y était vraiment pas bien préparé. Et ça perturbait l'esprit des gens qui se livraient aussi de belle manière dans leur façon d'appréhender cette chose mystérieuse.

Des passagers se trouvaient assis l'un à côté de l'autre. Ça se calait les joues avec une grosse pizza qui s'épuisait à coups de bouchées.

– *Nigger*, tu sais quoi... ce truc est une véritable escroquerie.
– Je te jure, *buddy*[4], répondit l'autre passager à la barbe hirsute qu'il balayait de son robuste bras poilu.
– Regarde ! Ce truc nous vise directement. Ces gens n'ont aucune autre ambition que de décimer notre peuple. Je ne suis pas bête.
– Ils ne vont pas y arriver, crois-moi. Nous avons assez de gens avertis partout dans ce pays pour nous aviser. Tu vois... toutes les tentatives qu'on a faites pour nous éliminer de la face de la Terre, la plupart ont échoué.
– Tu sais, cette chose n'est qu'une comédie pure et dure. N'y pense même pas. Ils l'ont inventée. Ils ont créé ce machin de poison pour nous l'inoculer. Est-ce que tu comprends cela ? La syphilis, ça te dit quelque chose ? Ils l'ont inventée simplement aussi pour nous. Rien

[4] Mon pote.

d'autre. Est-ce que tu me comprends ? Est-ce que tu vois bien maintenant ? Ne sois pas bête. Ils l'ont créée, la chose. Maintenant, ce que nous devons faire, c'est nous en foutre royalement. Ces gens-là, on ne va pas les laisser nous pourrir la vie. Vis ta vie, *Nigger*. Tiens, mon frère !

Il lui tendit l'autre bout de la pizza que l'ami tira. Il prit le morceau entre ses mains. Il l'avala directement, tout en se régalant.

- Oh, c'est un bon truc. C'est de la bonne bouffe.
- Oh que oui ! Un *Nigger*, il fait de la bonne bouffe. Je vais t'y emmener si tu veux.
- Oui, bien sûr.
- Parfait. C'est quoi encore ton nom ?
- Mike. J'habite Upper Darby. Et toi ?
- Appelle-moi Carl. Je suis souvent avec ma maman. Mais qu'elle est compliquée cette vieille dame ! Elle me considère et veut toujours me traiter comme un bambin de rien du tout. Elle est quand même très cordiale et aimante.
- Oui, c'est comme ça avec les mamans, surtout lorsqu'elles sont à la retraite.

Celui qui se nommait Carl enfonça sa bouche pour arracher le dernier morceau de pizza empilé sur le papier qu'il froissa avant de le laisser traîner dans le tramway, puis il se retourna vers son compère, Mike.

- Tu vois donc, *Nigger*... Nous devons nous battre. Il est temps. Déjà contre cette foutaise de mesures ou je ne sais quoi. Ils ont juste l'intention de mesurer la température sociale. Rien d'autre. S'ils réussissent cette étape, ils vont continuer leur projet diabolique pour gaiement se livrer à leurs magouilles. Tu vois ? C'est pourquoi nous devons résister et ne devons pas leur laisser la moindre chance de dérouler leur plan. Cette fois-ci, ça va capoter. Mais je suis sûr qu'il y aura des complices qui ne vont jamais rien comprendre.

– Il semble qu'en Afrique, ils soient en train de faire de sales boulots là-bas. Ils vaccinent les gens pour les stériliser. Parce qu'un président d'un pays... je ne me rappelle plus lequel, ce président osa dire qu'on a beau aider et investir des milliards de sous là-bas, il n'y aura aucun changement ni de développement si ça continue de pondre des enfants comme des canards.

– Ce que ces gens-là oublient ou ne veulent pas entendre, c'est qu'ils sont les véritables tueurs de nos frères en Afrique. Ce sont eux qui pillent. Qui incitent les guerres et les croisades pour mieux s'engraisser. Ce sont eux qu'on retrouve partout avec leurs multinationales voraces qui affament et créent le bordel là-bas. Et nos gens gobent tout le temps ces conduites ignobles. Après ils passent tout leur temps à pleurer, à faire la manche. Il faut se battre. Nous avons notre bataille, eux ils ont la leur. Parfois on se croise par le coup du destin. Tu vois, *Nigger*, ça doit changer. Oh... je dois descendre. Content de t'avoir parlé.

– Merci, *Nigger*. C'est quoi encore ton nom ?

– Carl, et toi... M...

– Mike. Mike.

– Bye, Mike !

– Bye, Carl !

Il s'en fut par la portière et disparut dans la foule un peu clairsemée. La gare était presque déserte ; peu de gens y traînaient. Seuls les éternels sans-abris qui y avaient presque élu domicile circulaient librement ou se reposaient à chaque angle du gigantesque hangar, entre des tas d'affaires qu'ils charriaient partout sans cesse. On avait le sentiment que personne ne les remarquait, comme si c'était normal. Parce qu'en temps normal, ça filait dans tous les sens entre les bruits des engins et des haut-parleurs qu'on apercevait à peine. On les évitait même. Parfois, ça courait vite pour aller rattraper une correspondance : un autre tramway, un trolley, ou encore un bus. Lorsqu'on loupait la correspondance, on était essoufflé, traînant lourdement le corps en signe de désolation. Ici, le temps c'est de l'or.

Je traînai quelques instants dans la gare, car de l'autre côté où l'on prenait les trolleys, il faisait froid ; la gare était munie d'un système de chauffage. Je pris mon téléphone, y plongeai mes yeux comme tout le monde, le décodai et commençai à y tapoter sans vraiment savoir ce que je voulais faire. Je passai devant un comptoir ; un monsieur faisait la promotion je ne savais de quel nouveau ou ancien produit bien étiqueté. Ce qui était évident, c'est qu'il avait un tas de pamphlets sur le comptoir ; il en distribuait quelques-uns aux passants trop pressés qui pour la plupart déviaient sa main tendue. Je passai donc, et repassai encore, les yeux toujours sur mon téléphone. J'entendis un fin bruit derrière moi. Je me retournai. Il avait aspergé un liquide hydro-alcoolique sur mon passage, comme s'il désinfectait. Je le regardai :

– C'est quoi ça ?

Il ne me regarda pas, mais simulait un geste pour se courber comme s'il cherchait un objet par terre, sous le comptoir.

– Excusez-moi, Monsieur, qu'est-ce qui se passe ? tentai-je de comprendre son geste.

– Rien, *sir*.
– Et pourquoi vous aspergez ce truc derrière moi ? C'est quoi au juste ?
– *I am sorry !* Je voulais juste prendre mes précautions.
– Des précautions. Oui c'est normal. Mais faites-le quand même après. Pourtant vous allez croiser ces gens pour leur tendre vos papiers-là, ces pamphlets... Ça vous gêne, ma présence ici ?
– *No, sir. I am sorry !*
– D'accord. Mais ce n'est pas du tout cool. Nous sommes tous les mêmes. Tu es mon frère, je ne suis pas ton ennemi. Ne nous gâchons pas la vie, ça n'a pas de sens.
– *Correct. I am so sorry !*
– *Bye.*
– *Bye.*

Je quittai les lieux, un peu énervé au début, mais je fus après envahi par un sentiment de gêne suite à ses excuses qui m'avaient désamorcé. Je me dirigeai vers l'arrêt du trolley. Je ne comprenais pas trop ce qui se passait dans sa tête, mais j'avais l'impression que c'était la même musique qui se jouait, celle qui catégorise les gens pour les classifier ; celle qui pense que certains avaient des droits sur les autres ; celle qui tente d'inhiber tout élan de progrès, de justice, d'égalité, d'équité. Cette justice qu'on demande, on doit aussi la vivre et la donner. On ne ravit la chance de personne. On se bat juste pour sa vie. Je pensais à tout cela, voilà donc pourquoi je m'étais énervé au début. Mais il ne me suivit pas ou n'en prit pas conscience. C'est que parfois, nous traînons des préjugés que nous nous sommes forgés au point d'interpréter toute action, tout comportement, comme étant une agression. On pense que l'autre, qui souvent n'en connaît rien, glisse dans la même démarche. Que même lorsqu'il nous regarde, c'est pour nous catégoriser et nous mépriser. Que lorsqu'il nous interpelle, il doit le faire avec respect. Un respect souvent mal interprété, car pourquoi on devrait le mériter, pourquoi on ne le fait pas aux autres ? On n'accepte pas l'indifférence qui n'est rien d'autre qu'un signe d'inhospitalité, parce qu'on ne veut pas de sa présence, pense-t-on, mais pourtant on s'emporte et l'on pense à une myriade de choses lorsqu'on vient vers nous. On traîne donc ces trucs depuis chez soi, on les emporte avec soi partout, et on est prêt à en vouloir et à en découdre avec quiconque voudrait tant bien que mal tenter de nous sourire pour nous approcher.

Le gars faisait des allers-retours devant l'arrêt du trolley. Il s'impatientait, à le voir. Il avait sûrement mis du temps à attendre. On pouvait croire qu'il ruminait une noire colère tant sa mine devint grave. Il fourrait ses mains dans les poches, puis les enlevait aussitôt, souvent sans s'en rendre compte. Il pensait à autre chose, à beaucoup de choses à la fois. Il avait envie de parler, de pester. Mais il n'y avait personne dans les environs qui pouvait entendre ses plaintes. Il dialoguait avec lui seul même. Il conversait et ravalait sa propre colère. Ses regards menaçants pointaient vainement l'horizon pour apercevoir le trolley. Parfois, lorsqu'un bruit se faisait entendre, il relevait la tête du sol, mais il se rendait aussitôt compte que l'engin venait dans le sens contraire. Ça l'énervait.

– *Hi, sir !* tentai-je de l'approcher.
– *Hi.* Tu vois cette... ? Tu vois ça, *Nigger* ? C'est une véritable m... Il y a plus d'une heure que je suis là en train d'attendre cette... de trolley. Ça

me soule, *my man*[5] ! Tu penses que c'est normal ? Je paie mes impôts pour ça, et c'est ce service qu'on nous offre ? Tu penses que c'est normal, *Nigger* ?

Je l'écoutais maintenant religieusement. J'avais envie de le calmer, mais je ne le pus. Peut-être lui raconter une autre chose, histoire de le distraire. À dire vrai, j'avais peur de lui adresser des paroles allant dans ce sens. D'ailleurs il ne me donnait aucune chance de lui parler. Pourtant, il constatait bien mon envie, car ma bouche s'ouvrait par moments, même légèrement. Je devais donc la fermer et l'attendre vomir complètement sa colère.

– Hein, tu penses que c'est normal. Ce pays est un véritable bazar. On nous prend pour des moins intelligents. Il nous faut en finir avec ce système croulant. On n'en peut plus. C'est tout simplement ça.

Je remuai la tête. Voilà, d'un simple retard de trolley on saute sur d'autres choses, sur un système. Peut-être que c'est la source des maux que vivait ce vaste pays : le système. Je lui fis signe que je continuais mon chemin pour rentrer à la maison. J'étais un peu épuisé ; il faisait aussi froid maintenant.

∴

Comme on espérait maintenant encore entendre les vrombissements des trolleys qui, depuis quelque temps, n'affluaient plus ! Les quelques rares fois qu'on s'était demandé pourquoi, il nous arrivait de conclure,

---

[5] Mon gars.

après avoir brièvement songé et palabré, que cela pouvait être dû au fait que la voie ferrée s'était dégradée quelque part ailleurs, que donc l'arrêt de la rotation des trolleys était causé par la réparation de ces voies. Seulement, ça durait et les jours passaient. Ces bruits tympanisaient à dire vrai. Et ça sifflait toutes les dix minutes ou moins même. Mais, il semble que les occupants de Barclay Square s'y soient accommodés au point qu'ils ne pouvaient rien apercevoir. Seul l'étranger qui ne s'y était pas encore habitué observait tout cela et pouvait même se demander comment était-ce possible que ces gens puissent vivre dans une telle atmosphère bruyante. Mais avec l'usure du temps qui passait vite, on terminait par faire comme les autres qui eux aussi, avaient éprouvé les mêmes sentiments et peines à leur première arrivée sur les lieux.

On avait même cru que le bruit mourait et nous manquait. J'allais au balcon et m'y installais. Les regards projetés çà et là sur les passants et les voitures qui défilaient sans cesse et à vive allure, j'y passai de longs moments et ne me faisais surprendre que lorsqu'Ecal m'appelait pour venir manger. Les enfants aussi interrompaient ces moments de méditation, si on pouvait les nommer ainsi, car cela y ressemblait bien et se résumait plutôt à une simple contemplation de tout et de rien. Je regardais souvent dans le vide, vers Naylors Run Park qu'on avait interdit d'accès. Je m'y rendais souvent, dans ce parc, et l'autre fois, j'y avais croisé une dame sénégalaise qui m'avait gaiement souri. Je passai devant eux, elle était assise à côté d'un homme qui parlait un français avec un accent pas comme celui de chez nous, pour aller vérifier l'endroit où la veille j'avais aperçu deux individus qui s'étaient entrelacés vigoureusement. Ils s'étaient installés sur l'un des bancs publics, et du coup ils ne permettaient à personne de s'approcher ni d'aller occuper les autres bancs tout autour ; une sorte de zone de non-droit. Les uns passaient outre lorsqu'on les voyait, les autres leur jetaient des regards avides puis faisaient semblant de ne rien voir avant de continuer leur promenade. D'autres encore passaient, mais regardaient quand même par-derrière pour épier leurs ébats intrépides et très bruts, tandis qu'ils se fondaient en rire, la main sur la bouche. Mais les individus continuaient leur œuvre comme si le jardin leur appartenait ; ils n'avaient apparemment plus de temps pour s'occuper des regards des passants. Un couple qui tenait une gamine par la main apparut ; la dame, légèrement voilée, traînait un long phylactère qui balayait l'herbe du jardin. Ils aperçurent les deux individus. L'enfant avait presque tout vu et cria, tout souriant, « *Mamy, look !* »[6], pointant du doigt les deux audacieux tourtereaux vers lesquels ils se dirigeaient sans s'en rendre compte. « *Astafurillah !* », avais-je entendu. Ils bifurquèrent et prirent une autre direction, pressant la gamine devant pour qu'elle ne puisse pas tout voir de ce qui se passait devant eux au grand soir.

Je croisai donc cette bonne dame sénégalaise.

– Bonjour ! les saluai-je.
– Bonjour ! répondit-elle toute souriante.
– *Nanga def ?*[7]
– *Mangui fi. No def waay ?*[8]
– *Jam rek !*[9]

---

[6] « Regarde, Maman ! »

[7] « Comment est-ce que vous allez ? » en wolof.

[8] « Je vais bien, et vous ? »

[9] « La paix seulement ! »

– Vous êtes sénégalais aussi ?
– Oui. Mais je suis là juste depuis quelque temps. Je viens très souvent m'y promener. Mes tuteurs habitent ici dans ce complexe après la route.

Comme elle constatait que je lui fournissais plus de détails sur moi, d'habitude on dit qu'ici, chacun s'occupe de ses propres affaires, elle se plut aussi à me parler d'elle comme pour me rassurer. Parce que lorsque l'on débarque ici pour la première fois, on cherche toutes les ouvertures possibles. On veut parler à tout le monde avec l'idée de trouver vite un boulot. Après, si le temps nous le permet, on peut tout bonnement s'isoler, marcher seul pendant de longues heures sans s'occuper de tout ce qui se passe autour de soi, marmonnant ou murmurant des propos qu'on est le seul à entendre et à comprendre. On pense à beaucoup de choses, au bled, aux amis d'enfance et autres connaissances qui ne cessent d'envoyer des messages ou qui tentent d'appeler tout le temps pour savoir si tout va bien, s'il y a aussi des possibilités pour eux de venir pour trouver du boulot. D'autres bipent, et lorsque tu appelles, on étale tout un tas de problèmes et de doléances qu'on projette de solutionner quand même. C'est comme si rien ne va plus au bled ; c'est comme si rien ne marche, comme si tu es la seule personne ressource qui compte au monde. Parce que quelque part, disent-ils, le gouvernement ne fait plus rien, et ne les aide pas. Donc on ne s'aide plus, croisant les gros bras, et attendant de l'aide qui doit tomber comme une manne. Mais on s'enferme quand même, parce qu'on évite souvent d'être sollicité par un nouvel arrivé.

– Je savais qu'il était sénégalais, dit enfin l'homme tout sourire.

– Comment l'as-tu deviné ? lui demanda la femme très joviale.
– Tu vois, le Sénégalais, il est trop grand. Géant. Et puis noir également.
– Ah je vois !

Au début, l'homme n'avait presque montré aucun intérêt à mon endroit ; il était simplement détendu et me balançait par moments des regards éclair que je pensais menaçants comme si je voulais lui ravir quelque chose. C'est souvent ce genre de personnes, dit-on aussi, qui trouvent du plaisir à raconter des tas de choses sur vous lorsque vous tournez le dos, comme si vous étiez un intrus dans cet espace qu'elles s'approprient. Quelquefois, au lieu de vous aider à trouver vite un job et un bon moyen de vous en sortir, elles se limitent uniquement à quelques conseils très dissuasifs pour vous empêcher tout contact avec les autres, comme ce fut le cas du frère africain : « Tu vois, mon frère... Tâche de ne pas rigoler avec ces gens. Ne les approche même pas. Ils ne t'aiment pas du tout ; ils veulent juste te voir suer pour leurs propres gain et profit, et c'est tout. S'ils te sourient, c'est qu'ils t'ont déjà eu. Regarde ce capharnaüm ! Depuis quand ces frères croupissent ici ? Et toutes ces guerres qu'on a créées chez nous là-bas ? Moi je suis nigérian. Je suis ici depuis plus de quatre décennies. Je connais ce pays, je sais ce que je te dis. Moi je n'ai aucun contact avec eux, avec personne. Le travail et la maison. Je viens toujours le soir avec mon chien que je promène. Tu vois comment il est beau ? Tu aimes les chiens, toi ? ».

Le vieux frère africain qui avait posé un bonnet jamaïcain sur sa tête avait caressé son chien. Il s'était redressé et m'avait fixé de nouveau : « Tu vois, mon frère, ici même les études ne servent à rien. On a beau étudier, ça revient au même. Les mêmes traitements. Le même système. Les mêmes plaintes sans jamais de solutions. Voilà où nous en sommes ». Comme je n'avais fait que l'écouter, pensant qu'il y a toujours des gens qui nous prennent pour des moins éveillés, il avait décidé lui-même de quitter et de s'en aller avec son chien : « Bienvenue et bonne chance, mon frère ! », il m'avait souhaité.

La dame qui me souriait continua :

- Moi c'est Aminata Samba.
- J'espère que ce n'est pas la parente du ministre d'État-là qui vous a envoyée ici.

Tout le monde s'esclaffa.

- Non, pas du tout. Mais bon, nous sommes des parents d'autant plus que nous portons le même nom de famille.
- Tu vois... c'est ça que je me suis dit, répliquai-je, avec un rire communicatif.
- Disons que... personnellement, je ne le connais pas. Je sais que...
- Je taquine simplement. Content de faire votre connaissance.
- Oh que c'est gentil de ta part ! Je suis émerveillée quand je vois de jeunes gens comme vous venir tenter l'aventure.

Oui, l'aventure, elle s'était déjà fait une idée sur moi. Soit je vivais avec mes parents, soit j'étais un aventurier de plus en quête du meilleur vivre. Car ceux que leurs parents riches comme Crésus envoyaient y étudier ne se promenaient pas mollement dans ces endroits ; c'étaient d'éternels fêtards qui gaspillaient l'argent de leurs parents, du pauvre contribuable, disaient les activistes très en verve chez nous. Parce que l'autre jour, un de ces gamins de pilleurs et faiseurs d'école buissonnière qui, de retour au bled, se croient maîtres de tous pour s'emparer des commandes de tout et qui ne se soucient de rien, fit un violent accident dans un État voisin avec sa bande de copains. La voiture fut complètement caillassée. Il semble que la police continuait son boulot d'enquête pour non seulement trouver les causes de l'accident – toutes les pistes conduisaient à l'état d'ébriété du gamin qui était sans nul doute passé dans la vigne du Seigneur -, mais aussi pour fouiller sur l'origine de la fortune de ces parents envoyeurs. Parce que la boîte abîmée coûtait la peau des fesses. Ainsi, si les autorités de ce pays hôte le décidaient – parce qu'elles décident sur tout, sur qui punir ou sur qui mettre la main ou non en cas de pépin, elles peuvent même savoir qui est voyou ou qui elles peuvent nommer ami ou ennemi -, elles pouvaient bloquer les avoirs clandestins entassés dans leurs banques par ces voyous qui pillaient leur peuple. Ce peuple qu'on poussait toujours au front pour le sacrifier lorsqu'on touchait à ses poches ou que ces poches se vidaient.

– Je te souhaite tout le succès dans tes projets. *Am nga sokhna walla ?*[10]
– Non, pas encore, je souris pudiquement.
– Tu vois, indiqua-t-elle à son homme qui souhaitait que je coupe vite cette causerie entre parents de même pays.

Ça semblait long pour lui, je ne savais pourquoi. Il montrait des signes d'impatience. Moi, par contre non, car dans cette posture, on avait beaucoup de temps pour tout le monde pour se faire une claire idée de ce qu'on voulait entreprendre.

---

[10] « Es-tu marié ? »

– Je n'habite pas loin d'ici aussi. Je suis à Lansdowne, tout près de l'hôpital. J'y suis avec ma famille. Avec mes filles ; elles continuent leurs études, mais elles travaillent quand même, elles sont grandes. L'aînée termine son BA en économie à Upenn[11] cette année. La plus jeune vient juste de commencer une formation en… Je passe souvent le soir ici. On pourrait se revoir une de ces soirées.
– Ah super, répondis-je, tout joyeux.
– Tu prends mon numéro donc.
– J'allais même vous le demander. Merci encore !
– Oh ce n'est rien. Allez !
– Merci. Au revoir !
– À bientôt.
– Bye ! me dit enfin l'homme assis à ses côtés.

Je lui rendis aussi le « bye », puis je m'en allai à la maison. Nene et Toinette qui m'attendaient se précipitèrent vers la porte lorsqu'elles entendirent le bruit de la clé que j'y glissais : « *Grandpa ! Grandpa ! Grandpa !* », m'embrassèrent-elles. Elles empoignèrent mon habit, pendant qu'elles me pressaient en chœur avec des questions enfantines.

– *Grandpa, where did you go? Grandpa, where did you come from?*[12]
– *I was in heaven.* Au ciel .
– *Oh, not in heaven! I know where.*[13]
– *Now tell me.*[14]
– *You were… at the park.*[15]

---

[11] University of Pennsylvania.
[12] « Grand-père, où étiez-vous parti ? D'où venez-vous, grand-père ? »
[13] « Ce n'est pas au ciel. Je sais où. »
[14] « C'est où donc ? Dites-le-moi. »
[15] « Tu étais… au parc ? »

– *Yessssss. Correct.*[16]

Je m'installai au salon, sur le sofa, après avoir enduit mes mains de gel hydro-alcoolique ; un tas de flacons avait été déposé juste sur une table qui jouxtait la porte. Les enfants m'entourèrent, s'agrippant à mon cou. Je me débattais pour me soustraire à leur jeu qu'elles avaient provoqué, mais auquel je ne prenais vraiment pas plaisir. Mais j'étais obligé tant bien que mal, car étant nouveau dans ces lieux, je ne voulais pas dès le début montrer des signes d'adversité qui créeraient une distance. Parce que les enfants, ça mesure la température d'amabilité et de gentillesse d'une personne. Et les parents, surtout les mamans, savent bien observer pour savoir s'y prendre. Je me soumettais donc à cette contrainte rigoureuse.

Je me levai pour me diriger vers la chambre, mais elles se ruèrent derrière moi comme des chiots qui courent derrière leur maman, criant toujours « *Grandpa ! Grandpa !* ». Je tentai maintenant de les repousser gentiment, parce que Nene, l'aînée, n'aimait jamais qu'on lui rappelle ses erreurs. Toinette, elle, était toujours distraite pendant les séances de conte que je leur racontais tous les jours avant d'aller au lit. Si je leur demandais de me ressasser le récit de la veille, il était évident qu'elles ne retiendraient pas tous les détails, et moi, dans la tentative intelligente de les corriger, je pourrais bien trouver un moyen de les éloigner de mon espace, ne serait-ce que pour peu de temps. Les récits du soir tournaient autour des contes africains, de Leuk-le-lièvre et de l'hyène.

« Le lièvre et l'hyène étaient deux amis qui habitaient ensemble. Ils étaient vraiment de

---

[16] « Exactement ! »

bons amis. Alors, un jour, ils décidèrent d'aller dans la forêt, comme ils en avaient l'habitude... »

– Grandpa, Grandpa, est-ce qu'ils dormaient ensemble dans le même lit comme Nene et moi ? m'interpella Toinette.
– Ils étaient de bons amis, comme deux frères ou deux sœurs. Oui ! tentai-je de répondre.
– Mais est-ce qu'ils se couchaient dans le même lit ? Et qui se couchait devant ? Moi, je me couche devant et Nene derrière.
– Toinette, laisse-moi terminer d'abord l'histoire, et puis tu pourras poser toutes sortes de questions. Je pourrai te répondre. OK ?
– *Yes*, mais l'autre jour tu as dit la même chose, et à la fin j'ai oublié et toi aussi tu ne m'as pas rappelé.
– Oui. J'avais dû oublier, tentai-je de lui donner raison pour conter la suite du récit.

Mais Nene s'était fondue dans un fou rire sans raison. Elle levait sa main droite, tandis que sa main gauche tenait sa bouche.

– Toinette, ce n'était pas le jour, mais la nuit.
– *What* ? répliqua Toinette un peu surprise. C'était un jour, pendant la nuit.
– *Yes*, mais tu as dit « un jour ».
– Mais qu'est-ce donc le jour ou la nuit ?
– Quand il fait clair avec le soleil, c'est le jour, mais lorsqu'il est sombre et qu'on part se coucher, c'est ça qu'on appelle la nuit.
– Parfois, il fait sombre partout et on ne voit rien du tout. Pas même le soleil. C'est le jour ou la nuit ?

– Le jour, c'est quand les gens se réveillent et vont travailler, et la nuit, c'est quand ils reviennent et qu'on dort, expliqua Nene.
– Mais moi, je ne vais pas travailler. Je suis encore petite. Et puis il y a des gens qui travaillent la nuit.
– Notre maîtresse, Mrs Johnson, a dit que les gens ne devraient pas travailler le jour. Que ce n'est pas bon pour la santé. Grandpa. Grandpa… !

Nene m'interpellait maintenant, très embêtée par les questions curieuses de sa petite sœur qui ne la lâchait pas. Toinette s'était étalée sur le lit, comme si rien ne l'intéressait maintenant. Ce qui comptait pour elle, à y voir clair, c'était plutôt notre compagnie, parce qu'elle trouvait toujours là un moyen pour prolonger ses jeux qu'elle avait entamés au salon et qu'elle nous proposait. Nene, qui était au grade 1, pensait tout savoir et que sa sœur Toinette avec ses quatre ans révolus n'était qu'une simple brute qu'il fallait occuper. Je m'interdisais d'interférer dans leur discussion. Ça me plaisait d'ailleurs de les entendre raisonner, dialoguer :

– Bon, écoutons l'histoire. Toinette, redresse-toi, leur fis-je.

Mais Toinette, qui n'aimait jamais être rappelée à l'ordre en ces moments, grimaçait. Elle peinait à rassembler ses forces pour ramener ses pieds sur elle et s'asseoir.

« Ils étaient donc de bons amis et décidèrent d'aller chasser, dans la forêt. La chasse fut bonne ; ils prirent du gibier, un animal. Ils revinrent donc très contents au village avec leur gibier. Dami-Ñaaga-l'Hyène, toute contente, s'empressait comme jamais auparavant de prendre par-ci une grosse marmite, par-là un autre instrument pour la cuisson de la viande déjà coupée en quartiers... »

– Ils tuèrent donc l'animal ? demanda Toinette.
– Oui, répondis-je.
– *Why ?*
– C'est pour cela qu'on va à la chasse.
– Mais s'ils attrapaient l'animal et l'amenaient à la maison ?
– Mais Toinette, où est-ce qu'ils vont garder l'animal ? répliqua Nene. Il faut le tuer et consommer la viande. Grandpa, c'est quoi, Dami-Ñaaga-l'Hyène ?
– C'est un animal qui vit dans la forêt ; il n'est pas trop grand. Il vit dans des grottes et sort seulement pendant la nuit pour aller chasser. Bsiré-le-Lièvre, c'est son ami, c'est le lièvre, pour anticiper la prochaine question évidente.
– Chasser quoi ? demanda encore Toinette.
– Chasser les autres animaux plus petits pour en faire sa nourriture. Bon, je sais que vous ne le connaissez pas ici, mais je vais vous montrer après une photo. Il y en a beaucoup en Afrique.
– Grandpa, Grandpa !

Toinette leva son doigt. Nene voulut l'en empêcher, mais elle insistait et ne voulait rien comprendre. Elle montrait des signes d'agacement et était au bord de commencer à pleurnicher, tandis que moi je donnais l'impression d'être trop pressé de terminer le récit qu'elles interrompaient : « Ah, ces petites... ! », je m'essoufflai.

– Oui, Toinette, vas-y, la pressai-je.
– Je voulais, je voulais, je voulais...
– Oh, Tony, vas-y, la sommai-je maintenant.

– Je voulais di... re est... ce... que... tu... par... les l’Afri... can ?
– Répète fort, s’il te plaît. Nene, qu’est-ce qu’elle veut dire ? demandai-je ; elle m’aidait parfois lorsque Toinette ne voulait pas du tout parler.
– Toinette, qu’est-ce que tu as dit ? lui demanda Nene.

Elle s’approcha de Nene, ses deux mains couvrant sa bouche. Elle lui chuchota quelques paroles dans l’oreille. Nene grimaça. Moi, je tapotai sur mon écran de téléphone que je venais d’allumer. Je regardai le temps qu’il faisait, prêt à reporter la séance et à parler d’autre chose.

– Grandpa, elle demande si tu parles *african*, la langue qu’on parle en *Africa*.
– On ne parle pas *african* là-bas, tentai-je de répondre très courtement.
– On parle quoi alors là-bas ? s’enquit Toinette. Parce que Grandma parle quelque chose comme ça, et moi je ne comprends pas. Parfois, Grandma dit : *Antoinette, come year. Eat... Atcha eat... eat tout... finish...* Elle, elle comprend seulement ça.

À ce stade, je n’en pouvais plus. On rit à tout rompre, tous les trois. Nene lui fit remarquer que Grandma voulait qu’elle mange si elle voulait grandir pour commencer l’école.

– Tu vois ici, en Amérique, vous parlez quoi ?
– Anglaiiiiiiiiis ! répondirent-elles en chœur, très enjouées.
– Donc, vous ne parlez pas *american*. Il y en a qui parlent aussi espagnol.

– Yes, Grandpa. Grandpa... Notre maîtresse, elle parle espagnol. Elle dit quand on va commencer le *Middle School*[17], on va apprendre cette langue.
– *Yes*, Nene. Donc en Afrique, on parle plusieurs langues. Pas *african*.
– *Ah ok. Sorry*, se désola Toinette.

« Tout était prêt donc pour les deux amis. Bsiré-le-Lièvre, un peu tendu pendant un moment, resta très méditatif. Il avait beaucoup pensé : *Si ce type, la gourmande Hyène, d'une rare intempérance, bouffe à sa faim, je ne serai pas rassasié*, finit-il par comprendre. Il ne fallait pas la laisser aller dans ses habitudes qu'on ne voyait pas d'un bon œil. En tout cas. La grosse marmite bouillait maintenant. On y plongea tout ce qui pouvait assaisonner la sauce. Par moments, la vapeur faisait remonter des morceaux de viande en surface, comme s'ils allaient se jeter par terre. L'Hyène les interceptait. Elle avalait tout rapidement. L'odeur qui s'en dégageait sentait bon, envahissant l'espace entier. Les langues de feu qui au début s'abattaient sur le cul de la marmite diminuaient maintenant. Les deux amis décidèrent de s'éloigner un peu, discuter d'autres choses de la vie, en attendant la fin de toute chose.

– Et si on montait sur cet arbre, en attendant que la viande soit prête ? suggéra le Lièvre à son amie.

– Ah que oui ! Bonne idée, dit l'Hyène.

Une fois en haut, le Lièvre lui proposa une séance de tressage : *Tu commences par me tresser, après ce*

[17] Collège d'Enseignement moyen.

sera ton tour. L'Hyène accepta sans perdre du temps trop précieux en ces moment-là. Vite fait et bien fait. Elle finit son œuvre de tressage. Le Lièvre la remercia beaucoup, puis lui demanda de prendre place. Pendant qu'il la tressait, il attachait les tresses de l'Hyène à des branches de l'arbre. Cette dernière ne se rendit compte d'aucune anomalie. Quand le Lièvre termina, il demanda à son amie de descendre ensemble de l'arbre ; la viande les y attendait maintenant. Dans la précipitation d'arriver la première en bas, l'Hyène, qui ne pouvait plus attendre, se jeta dans le vide. Ses cheveux entrelacés aux branches l'avaient suspendue en l'air. Le Lièvre se calait les joues, il bouffait tout se plaisant à lui jeter les os et le reste des débris que l'Hyène rattrapait au vol : *Si ces os sont si appétissants, qu'en sera-t-il de la chaire grasse ?* marmonna-t-elle de là-haut, pendant que le Lièvre se régalait toujours en bas, mais les regards furtifs projetés en haut, car on ne sait jamais avec l'Hyène, le danger peut survenir de partout. »

– Voilà, c'est ça l'histoire des deux bons amis, conclus-je.

Nene, qui touchait ses cheveux pendant le récit ou plutôt lorsque j'évoquais la séance de tressage, leva sa main. Elle regardait sans cesse la tête de Toinette qui, elle, s'était déjà engouffrée dans l'épaisse couverture un peu trop grande pour leur lit. Toinette avait l'habitude de fourrer ses doigts dans ses cheveux qu'elle arrachait petit à petit. En fin de compte, les deux parties latérales de sa tête étaient presque rases, au point que Nene la raillait lorsque l'occasion se prêtait à leur jeu de taquineries.

– Grandpa, reprit Nene, je crois que ce ne sont pas de vrais bons amis. Le Lièvre ne devrait pas faire cela à son amie qui l'a aidé quand même.

– Mais pourquoi l'Hyène accepte de monter sur l'arbre ? répliqua Toinette sous la couverture. Pourquoi ne devaient-ils pas rester en bas au lieu d'aller en haut ?
– Oui, oui ! Vous avez raison. Avec l'Hyène, ça ne réfléchit pas beaucoup. On la trompe toujours. Et le Lièvre, ce ne sont pas des choses qu'on fait à son amie. Ce n'est pas du tout amusant. Même entre frères ou entre sœurs comme vous, Nene et Toinette. Vous devez vous aimer…
– *Yes*, j'aime ma sœur Tony, dit Nene.
– *I love you too, Nene.*

Mais Nene, pas trop satisfaite, tenta de reprendre sa sœur qui ne voulait jamais, d'après elle, exécuter ses ordres. Que celle-ci rouspétait et s'en fichait royalement quand elle lui demandait un quelconque service, mais que cette dernière, Toinette, lorsqu'elle avait besoin de quelque chose, faisait une pression et sommait tout le monde afin d'avoir ce qu'elle voulait vaille que vaille. J'entendais Toinette marmonner des propos à peine audibles sous la couverture sous laquelle elle s'était maintenant complètement glissée.

∴

Parfois, Grandma venait me rejoindre au balcon devenu au fil du temps et par la force des choses un espace privilégié de recueillement. C'était aussi pour juste tuer le temps qui durait éternellement. Je lui racontais mes rencontres avec un Sénégalais ou avec une Sénégalaise, ou simplement avec quelqu'un d'outre-mer. Elle s'égaillait, puis se lamentait.

– L'autre jour, j'ai rencontré vers le marché une Guinéenne. Je l'ai reconnue par sa physionomie et son accoutrement. Elle portait un voile, se confia-t-elle.
– Oui, il y en a plein ici, nos concitoyens. Seulement, beaucoup se cachent. On ne les voit que rarement. Certains préfèrent tout simplement fuir leurs concitoyens ; il semble qu'entre eux, ça papote beaucoup et ça entraîne de mauvais coups bas.
– Ça existe *deh*... Ici, hum !
– L'autre jour, continuai-je, en descendant du trolley, j'aperçus deux individus en train de parler en wolof. J'étais juste derrière eux, car ils descendaient du même trolley. Je les hélai. On eut une brève entrevue, puis ils s'en allèrent. L'un d'eux me confia qu'il venait de la même localité du Sénégal que moi. Que lui, il avait été musicien, un rappeur du moins, comme me le précisait l'autre, son jeune frère. Mais il travaille maintenant dans une université comme...
– Ah bien, il pourrait bien t'aider à trouver du boulot dans cette école même.
– Peut-être. Il m'a demandé si je pensais repartir au pays. Je lui ai dit que je suis venu tenter ma chance et trouver des opportunités, parce que là-bas derrière, ça ne va vraiment pas et les jeunes diplômés en ont marre de croiser dans les couloirs des amphis les vieux enseignants retraités, mais qui continuent quand même d'occuper les bureaux qu'ils devaient céder ; ils se convertissent en vacataires, toute honte bue. Mais lui, l'ancien rappeur très populaire, son frère me le dit avec joie et intempérance :

« Écoute, mon frère ! *Boul doff !*[18] Reste ici. Il y a plein de choses à faire ici. Ce n'est pas comme chez nous là-bas où... ». On a donc simplement bavardé.

– Tu as pris leurs contacts, j'espère ?
– Non. Je voulais leur demander cela, évidemment. D'ailleurs je garde toujours mes cartes de visite avec moi. Mais le temps de parler, le rappeur qui porte maintenant un autre nom, pas celui très compliqué d'ancien rappeur, demanda à son frère de prendre mon numéro et qu'ils allaient m'appeler pour en discuter, pour parler de beaucoup de choses.
– Ah bien. Très bien, c'est bien, car ici...
– Oui, sauf que depuis lors, je n'ai reçu aucun coup de téléphone de leur part. C'est comme si on s'évite ici, et qu'en fin de compte, on veut que le nouvel arrivant subisse les mêmes souffrances qu'on a traversées pour que demain, toi de même, tu puisses avoir ton récit à toi. Il m'a même dit que son frère avait l'habitude de venir et de repartir au pays, mais que lors de l'une de ses visites, il lui demanda carrément de rester.
– Ce dernier travaille aussi ?
– Évidemment. Ils habitent non loin d'ici.

Grandma tentait de me consoler, me disant qu'ils allaient m'appeler les jours qui suivaient. Je savais bel et bien que ces jours si lointains risquaient de ne jamais arriver. Puisque ce serait sans succès si je tentais à répétition de les joindre sur l'autre numéro que le jeune frère m'avait glissé.

– Moi *deh*, je n'y comprends rien, se désola Grandma. Tu sais, même Aïssatou qui vient

[18] « Ne fais pas le fou ! »

souvent avec ses enfants ici, c'est grâce à moi. Grâce à moi qu'elle peut maintenant venir ici. Un jour, je l'ai croisée vers le même marché.

– Supermarché, tentai-je de la rectifier.
– Ah yoo ! Su... marsé ! Hey..., se fondit-elle en rire. Je l'ai donc interpellée, puis on a bavardé pendant longtemps. Elle ne savait même pas qu'il y avait d'autres Africains, encore moins des Sénégalais, dans ce complexe. Pourtant on peut facilement se reconnaître. Ceux d'ici souvent sont plus grands. Mais les gens ne sortent pas. Ils ne vont pas vers autrui. Ils se croisent toujours les jours au su... marsé.

J'écoutais religieusement les plaintes de Grandma qui se désolait du fait que les mêmes pratiques sociales de chez nous ne soient pas appliquées ici en Amérique où la vie avait ses réalités. Je lui dis qu'un soir, alors que je m'étais installé devant l'appartement sur le banc, j'entendis converser une dame au téléphone. Elle allait et venait de sa voiture à sa chambre pour transporter une grande quantité d'eau et d'autres condiments qu'elle tenait en petite quantité dans une main, tandis que l'autre main attrapait son téléphone collé à son oreille gauche. Parfois elle posait les bagages par terre et respirait un peu. Puis, elle reprenait son trajet. Je décidai donc de l'aider.

– Bonsoir, Madame !
– Bonsoir ! Eh, ne quittez pas..., dit-elle à son interlocutrice.
– Est-ce que je peux vous aider ?
– Oh messi mon frè ! C'est très gentiiii, sourit-elle largement.

Elle me fit signe de la main. Je la suivis vers sa voiture stationnée à quelques dizaines de mètres seulement. Elle coupa la conversation avec son interlocutrice qu'elle promit de rappeler le lendemain : « Je te rappelle demain, OK ? Bonne soirée. Bye... Bye bye ! ».

– C'est Bénin ou Togo ? lui demandai-je d'un geste taquin.
– Comment l'avez-vous deviné ?
– Votre accent.
– Ah oui ? Que té for hein ! sourit-elle.
– Et puis parfois vous mangez toujours le « r ».

Nous rîmes aux éclats. Elle me tapota sur l'épaule, mais retira vite sa main, peut-être s'étant aperçue que je ne coopérais pas dans cet élan. C'était très tôt dans ce pays, même si chez nous là-bas, ce geste ne signifiait rien, sinon un signe d'amabilité.

– J'appelais une sœur qui vient aussi de perdre son emploi. C'est vraiment du... pour elle, continua-t-elle.
– Comment elle l'a perdu ? A-t-elle été chassée de son lieu de travail ? Pardon, moi je suis sénégalais.
– Ah oui, je savais. Sénégalais grand comme ça ! Haha ! Je suis togolaise, moi. Donc... Non, on ne l'a pas chassée. Disons qu'on l'a plutôt licenciée.
– Pourquoi donc ?

Nous arrivâmes au seuil de sa porte. Elle déposa sa charge ; je fis de même. Elle se redressa et me fixa.

– Tu sais... non content de ça, son employeur veut qu'elle aille s'inscrire au bureau pour un *unemployment*[19]. Cela n'est pas de sa faute, mais c'est plutôt lié à la situation actuelle que nous vivons. Tu vois le désastre. Même moi, on vient

---

[19] Chômage.

de me signifier de ne pas partir au boulot demain. J'ai demandé à mon chef quand est-ce que je pourrai reprendre. Il me dit presque la même chose, que je dois pour le moment me rendre à ce bureau pour les mêmes motifs, parce n'étant plus en mesure de payer tous ses employés.

– Oh noo... Je suis vraiment désolé !
– Mais tu vois, mon frère, ils me disent que je peux seulement travailler à temps partiel. Et avec quatre cents dollars par mois, qu'est-ce que je fous avec ça ? Je dois payer mon loyer. Je dois payer du gasoil. Je dois manger. Qu'est-ce que je fais avec ça ? Tu comprends ce que je veux dire ? Mais le Seigneur est bon !

Il semblait que la situation se dégradait, et les compagnies paniquaient parce que les rumeurs de la pandémie qui menaçait s'accentuaient de jour en jour. Elle me demanda ce que je faisais. Je lui expliquai un peu, parce qu'avec cette pandémie menaçante, s'étaler n'augurait pas de belles promesses d'emploi.

– Dieu est grand mon frè... Je sais qu'il fera de grands prodiges pour toi. Crois seulement en sa Parole. Est-ce que tu lis sa Parole ?
– Oui, répondis-je, très pensif.
– Dieu peut faire de grandes choses ; il suffit simplement de croire en Lui. Quand je suis arrivée ici, j'ai traversé des moments du... dans ma vie. Ce n'était pas du tout simple et facile. La galère, je l'ai connue. Les moments de doute et d'incertitude, j'en ai connu aussi. Mais Dieu est aimant et amou. Il va fé de grandes choses dans ta vie. Dieu meci aujourd'hui j'ai ma grande fille qui temine son master... elle doit graduer l'année prochaine, si Dieu le veut bien. Je dis au nom de

Jésus, Seigneur, aide mon frè... Il réussira dans sa vie. Tu seras avec lui, toi Yahvé ! Toi Maître de tout et en tout. Au nom de Jésus, mon frè va réussi ! Il va trouver un boulot. Un bon boulot, je dis. Au nom de Jésus ! Aaaaaameeeeeen !

J'appréciai quand même l'élan de cette dame qui, malgré ses tas de problèmes et de soucis, s'oublia pour supplier Dieu et demander les grâces du Ciel en ma faveur. On ne refuse rien, car le ciel-même, c'est pour tout le monde. Nous nous dîmes au revoir et nous souhaitâmes bonne nuit sous le regard du Seigneur, tout en espérant nous revoir très prochainement. J'appris quand même un jour que cette même dame vivait avec un vieux Blanc dans sa chambre.

Je dis donc à Grandma de ne pas s'enfermer dans la chambre, mais de sortir de temps à autre pour aller désennuyer et se dégourdir. Ça valait la peine pour sa santé.

- Heey... ! Moi je sors *deh* ! Regarde, chaque soir, je fais le tour de ces appartements. Parfois je prends les escaliers, pas l'ascenseur, et monte jusqu'à la terrasse. Je fais le même exercice au moins deux fois.
- C'est bien mieux, répondis-je un peu lassé ou plutôt que je voulais ce temps libre à l'écart des enfants, Nene et Toinette, qui ne tarderaient pas à faire irruption au balcon pour suggérer une partie de promenade au parc.

Je tapotais sur l'écran de mon téléphone. Grandma parlait. J'entendais ce qu'elle disait, mais je n'y comprenais rien. Elle attira mon attention lorsqu'elle se demanda pourquoi beaucoup de ses gens se ruaient vers l'Amérique :

– Je ne comprends pas pourquoi tout le monde veut venir ici.
– Ah… ! m'exclamai-je seulement pour ne pas lui montrer ma surprise.

Il est vrai que Grandma était beaucoup plus âgée que les autres qui y venaient pour trouver leur voie ou pour accoucher ; elle n'était donc pas venue pour ça. C'était pour des raisons de santé, je crois, parce que je ne lui avais jamais demandé.

– Regarde ce froid. Tu ne peux même pas sortir. Rester seulement à la maison. Ayy ! Moi, je ne le peux. Et cette façon de s'accoutrer ! Haha… ! Et malgré tout, c'est comme si le froid te poursuit partout. Moi… heyyy !
– Grandma, peut-être que l'Amérique n'est pas faite pour vous autres. C'est peut-être pour nous autres plus jeunes. Sinon, ça te désoriente.
– Regarde, l'autre jour ils m'ont acheté un pantalon et des Sneakers. Qu'est-ce que je fais avec ça ? Au village, qu'est-ce que je fais avec un pantalon et des Sneakers ? C'est vraiment dingue.

Je ris à gorge déployée. Elle rit également. Nos rires attirèrent Nene et Toinette qui, occupées par leurs jeux déployés sans limite sur YouTube, se tiraillaient la commande ; chacune voulait suivre le programme correspondant à son âge. Ça se bagarrait souvent.

– Si j'étais un oiseau, j'allais tout simplement m'envoler et repartir sans délai et sans même leur dire un petit mot d'au revoir. Ce pays est vraiment invivable. Ça fait suffoquer. Mais laisse-les seulement. Le jour où je vais quitter ici, ils ne me reverront plus. Plus jamais !

Nous regagnâmes la chambre, pressés par les enfants qui sollicitaient notre arbitrage sur la commande du téléviseur. Grandma me demanda quand même s'il y avait des possibilités pour ces autres enfants de venir en Amérique. Je n'en savais pas trop, et cela semblait encore plus compliqué avec la nouvelle politique des gouvernants, qui ne se limitaient plus uniquement à barrer la route aux aventuriers clandestins dont on rendait la vie très amère, mais qui dorénavant fermaient la porte à celles qui venaient y enfanter. Cela ressemblait à des trafics malsains de nationalités qui n'honoraient pas le pays hôte, maintenant envahi par toutes sortes d'individus, de moyens désirables, des indésirables. Il est vrai que d'après ces autorités, il y avait parmi ces opportunistes des sages et des capables. Mais il fallait passer au tri sans clémence.

Un jour, Grandma me rejoignit au balcon après avoir discuté avec un de ses enfants restés au pays. Elle avait beaucoup parlé ; elle avait crié très fort lorsqu'elle téléphonait, on ne savait pourquoi. Il semble que les gens qui habitent certaines parties du monde parlent ainsi. Elle portait l'enfant de Lilian la Nigériane sur son dos. Cet enfant grossissait. Le matin, quand Lilian l'amenait à la maison, elle fourrait dans son gros sac un bazar de nourriture ; il y avait des biberons qu'elle remplissait de lait, d'autres récipients qui contenaient du porridge, ou encore. Avant de partir, elle s'assurait toujours que l'enfant bouffe tout.

- Regarde, il y a ça. Il y a ça aussi. Voici l'autre truc qu'il doit aussi manger.
- Uhung, répondait Grandma par des mouvements de la tête, apparemment sans rien comprendre de ce que disait Lilian, car Grandma parlait le français et Lilian l'anglais.

Elle acceptait tout donc, mais pestait dès l'instant que Lilian retournait son pied et quittait la chambre.

– Hey... C'est quel enfant ça ? Qu'est-ce qu'elle dit, sa maman ? me demandait-elle.
– Elle demande à ce qu'il bouffe tout le contenu avant qu'elle ne revienne du boulot. Elle dit qu'elle revient vers 14 heures.
– Ah yoo ! Mais je ne vais pas du tout lui donner cela. Elle n'a qu'à faire ce qu'elle veut. L'enfant risque d'avoir des soucis de santé. Regarde, il ne peut même pas bien bouger, doux comme du *tapalapa*[20]. On dirait qu'il n'a pas d'os.

Je riais bellement, les regards fixés sur l'enfant qui, couché sur le dos, tentait de mouvoir laborieusement son corps. Son père, Joe, il semblait qu'il avait tenté son aventure dans le football comme beaucoup de Nigérians. À son temps, il jouait très bien, mais comme le talent seul ne pouvait suffire, il n'avait pas pu percer dans ce milieu parfois très mystérieux. Il avait quand même les traces et les empreintes du football qu'il conservait toujours ; les dreadlocks ornaient médiocrement sa tête. De son Nigéria préféré et natal, il s'envola vers l'Europe où il débuta sa courte carrière de footballeur dans un club presque amateur. Il évolua, mais pas vraiment rapidement, et son âge avait grimpé plus vite que sa carrière. Il arriva un moment où il devait envisager une chute en Arabie, pour au moins assurer sa retraite qui n'en était pas une, puisque n'ayant presque rien foutu jusqu'à ce moment-là. Donc une retraite du genre business. Un jour, il croisa Lilian dans un aéroport ; ils échangèrent les numéros de téléphone après avoir parlé des choses du pays, de la cuisine... Ils s'appelèrent plusieurs fois,

[20] Pain artisanal fabriqué au Sénégal.

parfois pour se rendre dans un marché ou un supermarché africain des alentours. Ils pouvaient se retrouver chez Joe pour cuisiner ensemble. D'autres fois, c'était chez Lilian même. On ne savait pas exactement ce qu'elle faisait, elle, Lilian. Mais les deux se fréquentaient régulièrement parfois pour noyer le mal vivre causé par la solitude ou pour toute autre chose que personne ne savait. De toutes les manières, ils se retrouvaient volontiers. De ces rencontres naquit une amitié qui se consolida avec le temps. Puis, Lilian trouva la voie de s'envoler vers les États-Unis pour s'y installer. Quelque temps après, l'ex-footballeur en quête de meilleure vie, et qui n'avait plus en tête que de trouver une opportunité pour sa reconversion, la rejoignit tout bonnement après quelques arrangements, disait-on.

Mais aux États-Unis, la vie et les choses ne ressemblaient pas à ce qui se faisait en Europe et en Arabie. Ici, on est moins préoccupé par ce que l'on fait que par combien l'on gagne ; seul le dollar est roi. Le reste, il faut bosser et gagner sa petite vie à la sueur de son front. Joe s'était donc reconverti en *taxi driver*, parce qu'il avait jusque-là exploré plusieurs voies sans succès pour trouver un job qui convenait. Il s'inventa dans le Uber & Lyft et commençait à s'y habituer. Lui, il n'avait pas de problèmes, il n'en créait donc pas. Mais Lilian, elle, faisait de la vie de quiconque elle croisait un enfer. Même celle de Grandma.

- Est-ce que tu couches l'enfant sur le truc là-bas ? demanda-t-elle à Grandma.
- Dis-lui que cette poussette n'est pas pour lui, c'est pour Gracy. Je ne le pose jamais dedans, répondit Grandma.
- Est-ce qu'il a pleuré hier ?

– Ah... parce que l'enfant-là, tu ne sais même s'il pleure ou pas. Parfois tu crois qu'il pleure, alors qu'il joue ; parfois tu crois qu'il joue, mais c'est alors qu'il est en train de pleurer.
– Donc il pleure ?
– C'est ça que je lui dis. Je ne peux le dire avec exactitude. Même s'il pleure, ce n'est pas vraiment grave. De toute façon, les enfants ça doit pleurer. Si un enfant ne pleure pas, c'est qu'il a un problème.
– Mais donc il va pleurer aujourd'hui ?
– Hey... comment pourrais-je deviner s'il va pleurer ou non ? Je ne sais, répliqua Grandma, montrant des signes de lassitude, pendant qu'elle s'occupait de ranger les affaires déposées çà et là sur la table et les fauteuils.
– Est-ce qu'il a mangé toute la nourriture ? Où est le petit récipient que j'avais apporté hier ?
– Dis-lui qu'il a tout bouffé. Le récipient, je n'en sais rien ; elle doit l'avoir chez elle. Elle n'a donc qu'à chercher là-bas. Je ne les avale pas, moi.

Grandma ferma son visage pour s'occuper d'autre chose. Elle ignora Lilian qui la supplia de prendre son enfant. Puis, elle sortit après avoir donné furtivement un câlin à son fils. Grandma râla :

– Pourquoi cette petite fille est si incorrecte ? Comment est-ce qu'elle peut s'adresser à quelqu'un qui peut être sa mère plusieurs fois ?
– Je devine déjà la vie dans son foyer, répondis-je.
– Tu as dit vrai... ! Ce genre de femme ! Son mari doit vivre l'enfer là-bas.
– Elle a dit que c'était du business. Que de toutes les façons, elle te paie pour cela...
– Quoi ? Tu aurais dû me le dire devant elle. Je meurs parce que je ne comprends pas cette

langue. Si seulement je la parlais... cette gamine allait me connaître. Mais son enfant-là, je m'en moque de sa... paie. Elle n'a qu'à l'emmener au *day care*[21]. Combien elle me donne par jour ? C'est l'équivalent d'une paie par heure... Je veux bien l'aider, mais là, elle me dépasse.

– Son mari, apparemment il n'a pas de problème.
– Lui, il n'a rien. Tu vois comment il chérit son bébé. Il est normal. Mais celle-là... ! Tu sais, l'autre jour, elle m'a demandé de ne rien dire à son mari, comme si ce dernier devait venir ou m'appeler. De ne rien dire à Joe sur elle et sur l'enfant. Elle a juste amené l'enfant, puis elle est sortie aussitôt. Mais tu sais quoi... le mari est arrivé quelque temps après.
– Vous avez dit quoi après à son mari ? Est-ce qu'elle savait qu'il était là après ?
– Je n'ai rien dit *deh*... D'ailleurs aucun des deux ne m'a rien demandé.
– Heureusement ! conclus-je, le rire dans la bouche.

Voilà pourquoi Grandma songeait depuis lors à se débarrasser d'elle : « Pourtant, Dieu sait bien que je veux l'aider. Prendre soin de son enfant, l'éduquer et le voir grandir sous mes yeux et ma surveillance. Mais comme elle ne respecte personne, je n'ai vraiment pas le choix. C'est dommage pour le petit, le gros ! », résolut-elle dans son cœur. Elle prit cette décision depuis que Lilian était entrée dans la chambre et dans tous ses états. Elle s'en était vivement prise à Grandma à qui elle avait reproché de l'avoir laissée traîner dehors sous la pluie et le froid glacial : « Qu'est-ce que j'ai fait à Dieu ? Si elle reste dehors devant la porte,

[21] Garderie.

c'est quoi mon problème ? », se plaignit Grandma ce jour-là.

– Elle dit qu'elle a appelé Ecal en vain.
– Mais Ecal... et pourquoi s'en prendre à moi ? Je n'y suis pour rien. Ecal avait un entretien ; elle ne pouvait donc pas prendre son téléphone. Tu vois, cette femme doit être malheureuse. Je crains pour sa vie.

Ses bras entouraient l'enfant qu'elle portait sur son dos. Elle le dorlotait une dernière fois peut-être avec beaucoup de regrets. Elle poussa un long soupir lorsqu'elle vit un passant qui traversait pour aller au supermarché :

– Heeeey... qu'est-ce qu'ils sont gros ! Ça bouffe tout le temps, et ça reste toujours au même endroit, assis ! s'exclama-t-elle. Regarde celui-là qui ne porte pas son masque.
– Il l'a sous son menton, lui assurai-je.
– Il doit le porter et couvrir son nez. La chose-là même se trouve dans l'air.
– Dans l'air ? m'enquis-je d'un air désintéressé.
– Il paraît *deh* ! Regarde encore celui-là avec ses enfants. Pourquoi... ?
– Ce n'est pas trop grave, Grandma. On doit tout simplement porter le masque lorsqu'on se retrouve au milieu des gens. Seul, on peut s'en passer, du moins d'après ce qu'on dit, car ce n'est pas encore prouvé.
– Ah yoo ! Qu'est-ce que j'en sais ?

Jusque-là tout allait bien. Les gens vaquaient tranquillement à leurs occupations. On tendait quand même une oreille fine sur tout ce qu'on entendait. On philosophait. On se posait des questions. Beaucoup même. Des recoupements. Des suppositions. Des théories aussi vraies qu'anodines, tout passait. On ressassait donc. Puis des vagues d'informations dont les commentaires et les analyses allaient bon train et dans tous les sens fusaient de toutes parts. À la maison, dans le salon comme au balcon, tous nous étions pris par les vents de la nouvelle chose dont les échos, si lointains auparavant, se rapprochaient de plus en plus. Lorsque Grandma me rejoignit au balcon, elle me demanda ce que j'en savais.

- Jusque-là, on ne peut vraiment rien conclure. Tout passe par des suppositions, même ceux qui sont dans les hôpitaux, les soignants je veux dire.
- Hey... c'est quoi encore cette histoire-là ? se désola-t-elle. Combien y a-t-il de cas aujourd'hui ?
- Je cherchais dans Google, mais ça augmente toujours. Ça grimpe. Même une grande autorité a été atteinte.
- Ayoooo ! Dis vrai. Comment la chose peut parcourir tout le monde en un temps pour rien ? Et puis ces autorités ?
- Normalement, ils disent pouvoir contenir la chose d'ici peu, si tout le monde s'y met.
- On doit s'y mettre alors. Car nous autres, nous sommes malades. On doit dorénavant fermer toutes les portes et les fenêtres.

Puis, Grandma se glissa dans le salon, me sommant de quitter le balcon qui ne rassurait plus, d'après elle et d'après les rumeurs qu'on entendait. Parce que la veille, un monsieur vivant dans un pays d'Europe qui était atteint de plein fouet par la chose rendait un témoignage trop bizarre et accablant dans les réseaux sociaux :

« Mes frères, ne soyez pas bêtes. Ne mourons pas d'une mort bête. Je sais de quoi je vous parle. Car l'autre jour, je venais de mon lieu de travail. Je passai par le supermarché du coin. J'y ai donc fait mes achats, et comme d'habitude, je regagnais mon domicile. Jusque-là rien n'était anormal. Arrivé devant ma maison, je descendis tout doucement la vitre de ma voiture. Je vous l'assure, mes chers compatriotes, ne soyons pas bêtes ! Réveillons-nous ! Cette chose est bien là, dans l'air. Je descendais donc la vitre. C'est à ce moment-là que j'ai eu une sensation très bizarre. Sur le coup, je ne pouvais plus respirer. Je suffoquais. Je me débattais pour au moins sortir du véhicule. Heureusement que j'avais klaxonné peu avant. Mon voisin, qui avait entendu un bruit bizarre dans la voiture, descendit aussi vite pour m'aider à remonter dans la chambre. C'est lui qui me sauva. Je pris des médicaments de chez nous... des tisanes de... Cela ne m'était jamais arrivé. Jamais de ma vie, même au village. Je vous dis que cette chose se trouve dans l'air. Ne sortez donc pas. Restez chez vous, je vous en supplie. »

Le message du type, que les gens suivaient maintenant sur sa chaîne YouTube qu'il avait créée par la suite et qui continuait d'attirer des milliers de personnes, avait fait le tour du monde en un temps pour rien. Des origines de la chose aux modes de transmission, en passant par les théories comploteuses et conspirationnistes, ça fusait bellement : « Faites attention aux gens avec qui vous habitez. Cette chose-là, on peut la jeter sur vous, si vous ne prenez pas vos gardes. Restez chez vous, de grâce ! ». Grandma avait cru à tout cela, mais moi j'attendais toujours l'avis des experts qui se multipliaient de jour en jour : « Ooooh ! », grommelai-je sur l'injonction de Grandma qui voulait que tout le monde dans la maison se rende aussitôt sans le moindre questionnement.

Parce qu'aussi, les nouvelles n'étaient pas du tout rassurantes depuis le débriefing du tout puissant Président qui demandait aux bons citoyens de ne pas céder aux vents de panique. Mais la panique s'était déjà installée dans les cœurs et dans les esprits. Les supermarchés étaient presque vidés des aliments de première nécessité : l'eau manquait depuis un jour dans les dépôts ; du pain, il n'y en avait plus absolument ; du riz, il en restait encore quelque peu, mais il fallait s'approvisionner ; du papier toilette, les rayons se vidaient toutes les heures... Même dans les CVS[22] et dans d'autres endroits ou dépôts, certains médicaments qui contenaient de la vitamine C ou qui procuraient à l'organisme une résistance face à la chose envahissante, ça disparaissait. Les gels hydro-alcooliques manquaient.

Nous revenions bredouilles ce jour-là à la maison, sans eau. Nous avions pensé nous rendre au supermarché chinois, près du centre-ville, mais la peur avait envahi tout le monde, du coup on évitait sans raison de s'y rendre. Là-bas, il y avait tout et tout. De la nourriture, des fruits, des légumes, de la viande, du poisson frais et non frais. Ils avaient aménagé de gros cylindres où on avait mis les poissons vivants qu'on y retirait de force pour les vendre aux clients très joyeux. Il y avait aussi de grosses grenouilles, très grosses, des mollusques, tout cela à des prix imbattables. Les employés, pour la plupart des Asiatiques, travaillaient vivement, découpant ici les morceaux de viande, servant là les clients souvent trop

[22] Consumer Value Stores ou pharmacies.

pressés, parce que la température était un peu élevée à l'intérieur du bâtiment : « Ce n'est pas du tout rassurant de nous y rendre, ça devient un peu grave, et nous devons nous protéger », disions-nous pour nous convaincre.

Ce soir-là, à mon retour à la maison, parce que je me rendais souvent à Walnut Street pour y rencontrer Laura, j'ouvris à peine la porte lorsque Grandma, comme si elle m'attendait, me dit :

- Hey... ! Il paraît que les choses se gâtent de plus en plus.
- Qu'y a-t-il encore ?
- Il y a eu beaucoup de cas aujourd'hui... à Miyoki.
- Quoi ?

Sa fille, Ecal, rit. Nous rîmes tous ensemble.

- New York, rectifia Ecal, qui sortit de sa chambre où elle continuait ses séances de prières après avoir écouté des prédications quotidiennes sur YouTube.
- Ah d'accord.
- Oui, les cas augmentent de jour en jour. Nous avons pu trouver de l'eau... je pense que... Voilà si tu veux, on peut bien te déposer à Walnut Street chez Laura. Et au retour, on pourra te faire le Uber, continua Ecal avec hésitation.
- D'accord. J'y pensais déjà.

Je me relevai, un peu tendu, pour déposer mes chaussures que je venais de délier ; je repensai encore à Laura. La table sous laquelle je les déposais, il y avait tout un arsenal pour combattre la chose : du gel alcoolique de toute sorte et de toute taille. Des mouchoirs à jeter pour prendre les poignets de la porte et les ouvrir. Depuis lors, je commençai à retenir mes allers-retours, pour finalement décider de ne plus sortir. Parce que quelque chose avait été dit derrière. J'avais compris le message, qu'il y avait ici des enfants qu'il fallait protéger, que Grandma qui pensait que la chose-là allait lui ôter la vie si jamais elle était en contact avec elle, traînait dans la maison une peur bleue au point d'emballer tout le monde. On peut bien se prémunir, mais risquer la vie des gens devenait un sacrilège. Parce que l'autre chose plus redoutable, c'était le bruit de la chose devenu plus redoutable que la chose elle-même. Ça faisait énormément peur. Que la mort arrive, c'était évident. Mais l'image ou l'idée qu'on en fait tue plus que cette mort, même naturelle. Et puis cette mort si naturelle, si redoutable qu'on croit toujours usurpatrice !

∴

J'arrive ce soir à Raleigh, en Caroline du Nord, quelque temps avant ma rencontre virtuelle avec Laura. Au début, Laura semblait grande ; elle avait une chevelure si abondante que ça lui arrivait au dos. Ses yeux clairs, pétillants et inquisiteurs témoignaient de ses années d'études passées à Upenn ; elle travaillait déjà dans une firme qui fabriquait ces vaccins qu'on inoculait aux gens ; beaucoup d'entre eux ayant été convoyés gracieusement, dit-on, en Afrique, et avaient fini par être périmés et pourris dans les cartons, parce que les gens refusaient de les prendre, car le Président avait dit qu'il les offrait gracieusement. Chose étrange pour beaucoup, car jamais sous nos cieux la gratuité n'a existé : tôt au tard, le peuple, le même peuple qui endosse toutes les charges de cette espèce, va tout payer. Le Président avait donc menacé de les convoyer gracieusement dans un pays voisin si les gens de son pays ne consentaient pas à se faire vacciner.

Elle me confia, un jour lors de nos petites confessions qu'elle pensait intimes parce qu'il semblait qu'ici les histoires de famille se traitent en famille, alors qu'ailleurs chez nous tout le monde s'en mêlait, que c'est à l'université qu'elle se rendit compte de sa condition, de celle des autres camarades juifs, et avait pensé aux autres Italiens ou Sud-Américains. Car, avant cette date, depuis sa venue au monde jusque-là, l'idée de peuples particuliers ne lui avait jamais parcouru l'esprit tant sa Mummy avait lutté pour que cela ne lui arrive. Pourtant, c'est cette même Mummy couveuse qui faillit un jour. Alors qu'elles traînaient dans un parc aux environs de Flatbush dans un faubourg new-yorkais de Brooklyn, un jeune camarade de Laura, l'air très culoté et un peu ringard, les suivait. Mummy avait pensé d'abord à un brigand, mais lorsque le jeune homme s'approcha d'elles, il émit des trucs du genre : « *hi baby* ». Prise au dépourvu, et devant une situation très inconfortable, Laura ne put piper mot, se contentant de jeter des regards à la fois inquiets et fouilleurs à sa maman comme pour lui dire : Voilà, Mummy ! Je n'ai pas pu tenir ma promesse. J'allais depuis lors, mais ce sont des trucs qu'on raconte rarement sans gêne à ses parents. Avec des amies, oui. Pourtant, je faisais croire que je ne m'y glisserais jamais, même à cet âge de la vie de toutes les contradictions où les pensées s'enchevêtrent dans un cerveau en construction. Où on croit à ceci aujourd'hui, et où demain on déconstruit tout pour reprendre la vie à zéro. Où le vent ballote. Où les limites sont rarement tracées, parce qu'on veut s'assumer. Où toute bonne parole sage est considérée ou interprétée comme une incursion ou inquisition dans sa vie privée. On s'enferme dans son monde, parce qu'on veut vivre. Parce qu'on veut tout simplement exister. Exister pour s'assumer. Voilà donc, Maman...

Mummy avait menacé le jeune homme qui s'était adressé à sa fille de cette façon. Laura trouvait maintenant dans sa tête une issue pour se dérober si elle le pouvait – à peine si la terre pouvait se fendre sous ses pieds ! – ou une justification à tout ce qui venait de se produire sous le nez de sa tendre maman jadis complice.

« Je ne te le permets pas... plus jamais », avait conclu sa Mummy après lui avoir conté des histoires de certains comportements racistes de la part de ses camarades de travail à l'hôpital. Ce que Laura n'avait jamais su, pourtant Mummy le faisait pour elle, pour que leur famille ne s'endette pas lourdement à cause de ses études très coûteuses. Elle et son mari travaillaient très dur pendant de longues heures, continuant leurs études et formations au même moment où ils faisaient des économies pour les études de Laura. Le mari, professeur de maths dans une université à Manhattan, s'était inscrit dans un programme de master de la même discipline ; sa maman, elle, était une *theater nurse* et faisait d'autres travaux d'appoint pour amasser plus de sous. La maison se vidait donc de ses occupants dès les premières heures de la journée. Laura était confiée à la garderie d'enfants de son école où elle fit tout son parcours jusqu'au lycée maintenant. Ce lycée qui, même s'il y avait plus d'enfants noirs et autres des familles d'Amérique latine ou du Moyen-Orient, comptait aussi des élèves blancs comme son poursuivant soupirant ce soir au parc. Elle n'y avait donc pas expérimenté une quelconque aventure aux relents racistes qui empoisonnaient la vie de millions de gens et contrariaient les amours.

Ses parents, haïtiens d'origine, étaient arrivés en transit dans cette ville de New York avant d'y élire domicile. À l'époque, des missionnaires avaient construit partout en Afrique des écoles pour instruire la population et les sauver des mauvaises maladies qui les tuaient bêtement. Les parents de Laura travaillaient déjà au pays : Mummy comme agent dans une banque, et son mari comme professeur de lycée. Ils étaient donc des missionnaires, des missionnaires noirs très fervents. Lorsqu'ils reçurent l'appel, ils ne tardèrent pas à faire leurs affaires pour s'envoler vers le pays de papa Houphouët, au nord du pays, à Bouaké. À l'époque, confiaient-ils, cette ville du Nord respirait la vie et la paix avant qu'elle ne devienne des décennies après le théâtre de guerre, de banditisme, de repli des rebelles et autres combattants armés de fusils et de machettes (on se demande toujours pourquoi le Sud et le Nord ont souvent des déboires ou des malentendus). Avant, Bouaké était le carrefour des cultures. L'étranger devenait autochtone et égalait en droits celui qu'il avait trouvé ici, son hôte. L'hôte, pour tout dire, offrait des parcelles au nécessiteux. On ripaillait et vivait bellement en cette époque d'avant-guerre, la honteuse guerre. Il pleuvait et tout ce que l'on semait produisait parce que Dieu bénissait.

Les parents de Laura avaient donc entendu parler de tout cela, des récits sensationnels, des rapports des missionnaires. M. Lavoisier et mademoiselle Cécile, qui s'étaient connus juste une semaine avant leur mariage, décidèrent de s'unir pour le meilleur comme pour le pire. Ils s'unirent donc dans la sobriété, promettant de s'aimer jusqu'à ce que la mort les sépare, si Jésus ne revenait pas encore. Laura n'arrivait jamais à comprendre, lorsque ses parents lui racontaient cette union avec nostalgie, comment était-il possible de contracter un mariage avec quelqu'un en l'espace de quelques jours seulement, que même avec des récits bibliques du même genre d'union rapide qu'elle connaissait par cœur, cela devait prendre du temps. Ses parents lui disaient toujours que c'était leur époque, cette époque où on n'avait pas le temps de fouiller d'abord dans la vie de l'autre pour voir toutes les possibilités qui pouvaient s'offrir. Où on n'avait pas le temps de parcourir des librairies ou bibliothèques pour aller acheter ou chercher des bouquins qui parlent des *5 Love Languages*. Ce n'était pas une époque où l'on devait passer par des tests de caractère pour voir s'il y a une possible harmonie ou compatibilité. C'était donc une époque où les soupirants n'étaient pas les seuls concernés dans cette affaire, car la famille large (tantes, cousins, oncles, nièces, le sort d'une union pouvait dépendre d'eux) avait également son mot à dire.

Ils passèrent alors par New York pour continuer leur chemin vers Bouaké. Mais le séjour qui devait durer seulement quelques jours s'allongeait. Les visas, ils avaient l'impression qu'on les leur refusait, comme si on leur tendait la main pour rester. Comme si on leur ouvrait la porte pour réaliser le rêve de plusieurs auquel ils n'avaient jamais songé. Mais New York, c'était comme un aspirateur. Un véritable rouleau compresseur qui brise et modèle tout. Au début angoissé, on finit toujours par s'y accommoder. On s'habitue au mode de vie stressé et en vitesse, à voir la misère dans les grandes rues somptueuses où la vie et la mort se côtoient. Où l'indifférence est légion, pourtant on voit tout, mais chacun s'occupe de ses oignons. On a même l'impression que la compassion, qu'on déploie ailleurs avec faste à travers les multiples organismes humanitaires qui y fourmillent, se meurt ici. Parfois, on est tenté d'oublier sa condition tant on se fond dans celle des autres qu'on évalue. Voilà !

Quelques mois plus tard, Laura vint au monde de façon inattendue, mais il fallait faire avec. Avec la vie nouvelle sans les tantes et consorts. Se battre pour vivre, le jour au travail, mais toute la pensée derrière Laura. Le soir à la maison, mais sans Laura, endormie. Laura qui tint promesse à l'école et s'inscrivit à l'université de Pennsylvanie. Laura me dit qu'à Upenn, il y avait des amis juifs, européens et latino-américains, chacun avec son récit sur sa condition. Parce qu'elle disait que les Italiens lui faisaient comprendre qu'ils étaient considérés comme moins blancs que les autres Européens, que les Juifs, par leur vie, étaient l'objet de toutes les risées du monde. Parce que lorsque le *sabbat* arrivait, ses camarades juifs s'abstenaient de tout et ne touchaient à rien : lorsqu'ils se croisaient au niveau de la porte, ils attendaient que les autres amis l'ouvrent pour passer. « Et si la personne se trouvait seule devant la porte ? », lui demandai-je. Laura me dit que de toute façon, elle devait attendre là.

Pour la première fois de sa vie, elle douta ou remit en cause son américanité qu'elle défendait corps et âme. Il semblait que ses cheveux frisés lui rappelaient ses origines étrangères autres que celles des « vrais » Noirs-Américains qui les traitaient de « récemment venus ». Du coup, pour se conformer à la mode et se perdre dans la foule, certaines fois quand elle se rendait à l'université ou dans d'autres lieux publics, elle lissait ses cheveux. Les Italiens et les autres Européens de l'Est souffraient en silence aussi de leur côté, parce que jugés comme moins « blancs » que les autres à cause de la couleur de leurs cheveux ; il y en avait certains qu'on suppliait de rester dans les rangs de leurs institutions pour les gonfler afin de mieux faire face à d'autres puissances qui menaçaient, parce que voulant claquer la porte, tandis qu'on refusait à d'autres le droit d'intégrer leur communauté, ces derniers contraints de patienter ou de subir les caprices de ceux qui soutenaient qu'ils étaient les plus puissants, donc plus intéressants. Elle me dit aussi que certaines attitudes des Latinos révulsaient : les moins « blancs » étaient moins honorés et ces derniers continuaient à rouspéter, la mort dans l'âme. Du coup, les Juifs étaient victimes de rejet et parfois de la jalousie comme s'ils avaient usurpé leurs savoirs et avoirs.

J'arrivais donc à Raleigh ce soir-là. Dans la voiture qui nous conduisait dans un énorme supermarché (les Américains ne font rien à moitié, j'ai pensé ainsi), il y avait des papiers partout, des canettes de boissons gazeuses, des restes de frites et de hamburgers emballés dans un récipient en caoutchouc consommés sûrement à la va-vite, des paires de gants et de lunettes, un badge à l'effigie de AW... Tout cela créait une senteur qui faisait soulever le cœur d'un nouvel occupant : « Pour l'amour du ciel, c'est quoi leur vie à la maison ? », je me plaignais dans mon for intérieur. Quelques salutations d'usage à la sénégalaise, puis on se glissa dans Food Lion. De la ripaille, des fruits et légumes, des habits de tout ordre, du matériel de cuisine aux produits électroménagers, des produits électroniques ou pharmaceutiques de soins primaires. J'épiais discrètement tous les mouvements.

En route, on avait bavardé sur les sujets actuels du bled : ce qu'était devenu le pays, le Président et ses éternels opposants qui se créaient à tout-va ; les étudiants et leurs interminables grèves sans gain de cause. Ibson (son nouveau surnom américain), l'autre occupant de la voiture, avait laissé entendre que les étudiants de l'Université virtuelle faisaient pitié, parce que trouvant le système dont il faisait partie avant sa venue aux USA inadapté. Après son bac, il avait été orienté à cette université virtuelle où les étudiants étaient presque désorientés. Lorsqu'il tenta, il fut sélectionné par le programme de Green Card, et le visa lui fut octroyé. Il quitta Ndofane et son village pour se rendre à Dakar et préparer son voyage pour North Carolina (il n'avait pas dit Caroline du Nord), loin et à l'abri des yeux et de la bouche de ceux qui ne veulent jamais le bien des autres.

Nous arrivâmes à la maison. Un confrère sénégalais, Weuz, sortit pour me saluer, puis retourna dans sa chambre où il s'enferma jusqu'au lendemain. Passionné de football, il tenait la commande du téléviseur et zappait sur les chaînes qu'il préférait sans l'avis de personne. Parfois on suivait ensemble la Premier League ou la Liga. Quand il se fatiguait ou se préparait pour aller au boulot, il appuyait sur la commande et éteignait la télé, sommant les autres de s'y conformer parce que « la facture d'électricité du mois dernier était salée ».

Les jours passaient donc et les pensées se bousculaient dans ma tête. Trouver un boulot rapidement, voilà ce à quoi je pensais tout le temps. Puis, comme la maison était déserte toute la journée et que je m'ennuyais par moments à cause du climat tendu (j'avais presque cette certitude malgré les efforts de mes hôtes pour noyer cette gêne le temps de m'y acclimater), je commençais à surfer pendant de longues heures pour ne pas pourrir ma vie dès le départ, pour ne pas transformer ce rêve en désespoir. Les après-midi, je sortais pour aller me délasser. L'endroit était calme. Ça ne ressemblait pas aux autres endroits populeux et animés des autres villes comme New York et les agglomérations de son ressort. Là-bas ça grouillait, mais ici on avait l'impression que tout dormait. Un jour, je demandais la clé de la salle de sport où des gens allaient se muscler pour certains, ou simplement aller improviser une rencontre amoureuse avec les jeunes filles à l'instar de mes hôtes, qui étaient si surpris lorsque je revins ce soir-là leur parler de mon aventure.

- Dis-nous, comment est-ce que tu es arrivé à... ? me demanda Weuz.
- Elle est comment ? Est-ce que tu as pris son numéro ? reprit Ibson.

Ils s'empressaient et se bousculaient pour recueillir une information qu'ils avaient l'air de chercher depuis, comme s'ils étaient eux-mêmes intéressés.

- C'est normal, non ? On s'est tout simplement échangé et...
- Et quoi... ? s'impatienta Weuz.
- Et on a continué à bavarder...
- Et... ce n'est pas ce que je veux *waay*... ! Tu lui as dit quoi au juste ?

Ibson, qui observait tout et prenait sûrement note, se tordait de rire. Il pressait Weuz de me laisser continuer mon récit que je contais avec parcimonie.

- Regardez, lorsque je suis arrivé dans la salle, je me suis dirigé vers le tapis roulant. Elle était dans une salle mitoyenne où elle faisait la musculation de son...

« *Way sama ndeyyy... !* », mes interlocuteurs rompirent ; j'avais simulé les mouvements aller-retour ou haut-bas que la jeune demoiselle avait faits :

– Comment était-elle habillée ?

Ibson, qui n'en pouvait plus, reprit Weuz qu'il somma de me laisser continuer.

– Lorsque j'ai terminé avec le tapis roulant, je me suis dirigé vers la salle où elle se trouvait pour faire quelques mouvements des abdominaux : « *Hello* », je lui ai dit. « *Hi* », me répondit-elle. Elle me regarda. Je lui demandai son nom : « Eveline », me dit-elle gracieusement. Elle me dit qu'elle n'était pas française, que sa maman lui avait donné son prénom en souvenir d'une amitié avec une de ses camarades alors qu'elle était étudiante à Paris : « Je n'ai jamais fait l'Afrique, mais ça me passionne. Hors de l'Amérique, je me suis rendue seulement à Paris en colonie avec des amis à l'époque où j'étais au collège, et c'est tout. J'ai aussi fait quelques endroits dans les Antilles ». Elle me dit tout cela en anglais, mais toute souriante elle me lança : « Je comprends un peu le français ».
– *Heyyy sama nd...* ! crièrent-ils de nouveau. Alors tu as pris son numéro ?
– Oui, on a échangé nos contacts.
– Comment est-ce possible, toi ?

Ils voulaient dire comment est-ce possible que moi qui venais d'arriver puisse avoir cette audace d'aborder une Américaine blonde au moment où eux peinaient à se frayer un chemin tellement ils avaient cru aux préjugés et à d'autres histoires qui dressaient des barrières entre les hommes. Je leur dis, sans les convaincre, que je ne cherchais pas à avoir une histoire d'amour avec elle, que d'ailleurs j'avais fait ce pays et d'autres ailleurs alors qu'ils étaient encore au pays, qu'ils ne m'apprenaient pas grand-chose sur la conduite à tenir envers les hommes. Qu'il fallait tout simplement être soi. Que le repli sur soi nuisait. Que prendre trop de précautions freinait les ambitions et annihilait toute volonté de bien faire.

Deux jours après, je tentai de joindre Eveline, mais ça sonnait dans le vide, puis l'appel mourait. Après, ça ne passait plus, et je ne répondais plus aux multiples questions de Weuz et d'Ibson qui voulaient tout savoir de la suite de cette histoire dans laquelle ils voulaient m'embarquer, que si une Américaine, une blonde de surcroît, te file son numéro de téléphone, c'est qu'elle consent à sortir avec toi. Alors, pourquoi elle ne répondait pas ? Que s'était-il passé entre-temps ou après ? Au début, je n'y pensais pas trop, mais je finis par y songer de temps à autre. Et lorsque je ne recevais pas de réponse après des tentatives avortées, je pensai à la belle aventure du couple Brdlick.

Dean avait décidé de reconstruire sa vie pour le reste de ses jours avec Gloria après la disparition de sa femme. Ses grands-parents, originaires de la République tchèque, avaient migré vers les États-Unis en quête d'une vie meilleure à l'abri de ceux qui comme Platon, pensaient que leurs idées et croyances étaient les seules à prévaloir partout. C'était donc la chasse aux sorcières, à ceux qui pensaient autrement, qui remettaient en question certaines pensées et logiques jusque-là établies comme règles de vie devant lesquelles tout genou devait fléchir. Nul ne sait en réalité comment ils y sont arrivés, mais ses grands-parents posèrent leurs pieds en terre américaine pour à jamais une nouvelle vie. Jeune couple affranchi sans enfants à charge, toutes les possibilités s'étaient offertes devant les vastes étendues américaines qui se déployaient à perte de vue. Ils furent obligés de travailler comme des esclaves (peut-être qu'ils en avaient eu, comme la plupart des grands maîtres, mais Dean n'avait jamais évoqué ce sujet avec moi), de déloger les peuples autochtones contraints de se replier dans les grandes forêts. Le père de Dean naquit là, grandit, et mourut. Dean, qui devait continuer à prolonger la lignée, se maria après ses études à l'université d'Illinois ; il y avait travaillé comme conseiller pédagogique et portait souvent des casquettes et habits à l'effigie de cette université en souvenir des années qu'il y avait vécues, même après sa reconversion comme pasteur d'une église et vivant en Virginie occidentale. De sa première femme qui mourut d'une vilaine maladie, je ne savais pas laquelle exactement, il eut un garçon et une fille, tous des adultes.

Gloria, elle, n'avait pas pu enfanter durant son mariage. Son mari qu'elle aimait disparut aussi des suites d'un cancer du cerveau qui avait abîmé tout son corps. Il mourut donc, laissant la veuve supporter le poids stressant de la vie. Si stressant qu'un jour, elle se retrouva au fond d'un ravin avec sa voiture : « Je venais donc de Walmart pensant à je ne sais plus quoi lorsque... Je m'en suis rendu compte seulement quelques heures après à l'hôpital quand je me suis réveillée. Mon nez était complètement fracturé. Le sang avait donc coulé avant l'arrivée des sauveteurs ».

Je regardai le bout de son nez qu'elle avait montré du bout de son index droit.

- Ils ont recollé ça comment alors ? On ne s'en rend même pas compte.
- J'ai pris... ils ont plutôt pris un morceau de ma chair qu'ils ont collé là-dessus.

– Quoi... ? Est-ce... Ah ! ils ont bien fait ça, je me contentai de dire, un peu perdu.

Elle sourit et me remercia tout en me servant un verre de jus fait à la maison. J'en avais bu, mais mes pensées naviguaient entre le bout du nez de Gloria et le morceau de chair dont elle avait parlé, m'interrogeant sur la partie de son corps d'où le morceau qu'elle portait sur son nez avait été extrait. Il y avait un vieux chez nous au village. Nous revenions du labour de champ lorsque le monsieur se pointa avec sa bicyclette. Il avait une partie de la mâchoire gauche presque emportée. La narine gauche également ; il respirait bruyamment. Lorsque nos regards se braquèrent sur lui, nous étouffâmes de rire. Il avait manqué de peu que nous éclations devant la misère que le monsieur traînait partout. Nous apprenions des adultes qui nous avaient menacés qu'il avait été un voleur devant Dieu. Qu'un jour, alors qu'il traînait le bœuf d'autrui pour l'emmener chez lui, le propriétaire du bœuf avait dressé un guet-apens sur son chemin de retour et avait déchargé sa carabine sur lui presque à bout portant. Heureusement pour lui !

Dean et Gloria s'étaient donc retrouvés grâce à un site de rencontres très, très sérieux.

– Un site internet de rencontres ? avais-je demandé.
– *Yes, exactly.* À l'époque, nous ne savions presque rien de cela, étant de la vieille école.

Dean rit joyeusement.

– Mais un de nos membres, qui s'y connaissait, un ancien de notre église, nous en parla. Tu sais, moi, j'étais très réticent à ces choses ; les jeunes gens qui, on a l'impression, ont peur de tenir leur Bible pour aller à l'église, préférant ces petits engins qu'on fourre dans la poche. Nous c'est le *hard cover*.

Ils rirent encore.

– Je m'y suis laborieusement mis, tout en demandant au Bon Dieu de me guider, de ne pas permettre au grand ennemi de me divertir. J'étais avant tout pasteur. Tu vois.
– Après vous l'avez rencontrée, Gloria ?
– Oui, moi... j'y jetais par moments des coups d'œil même avant le décès de mon premier mari. C'était plutôt par curiosité et pour vérifier ce que les uns et les autres, les jeunes filles que je connaissais, ce que ces jeunes gens y fabriquaient. Ce n'était pas mal. J'avais donc laissé mon compte ouvert. Mais lorsque mon premier mari décéda, je visitais le site de temps à autre, et...
– Et qui gérait ces sites ? Comment on pouvait savoir que c'était fiable ?
– C'est comme son compte en banque, pas sûr à cent pour cent. Mais je crois qu'il était géré par des agences ou des personnes de bonne moralité. Des chrétiens ou croyants, conclut Dean.

Les deux internautes à leur vieil âge décidèrent après des témoignages émouvants et douloureux sur le passé de l'un et de l'autre de s'accepter avec foi pour reconstruire leur nouvelle vie sur les ruines de celle ancienne, convaincus que Dieu les avait conduits à se retrouver. Ils vivaient ensemble depuis deux décennies.

Je conclus que je ne perdrais rien du tout en essayant de survoler quelques sites de ce genre et voir ce que cela pouvait donner. Je tombai donc sur ChristianCafe. Il y en avait de partout : des Canadiens, des Européens, des Latinos, quelques Africains vivant hors de l'Afrique, et des Américains bien sûr. Les Africains vivant hors de l'Afrique semblaient plus entreprenants tant leur biographie très exhibée et dense en témoignait, comme si certains représentaient des cas sociaux ; les Latinos présentaient des profils aux traits communs avec les Africains, mais ils étaient moins audacieux ; les Européens de l'Est, pourtant pas indifférents du tout, étaient plutôt avares en détail ; les autres Américains avaient des profils à l'allure inquisitrice, histoire de ne pas foutre son pied dans la boue.

Je tombai donc sur une Canadienne, du moins, une internaute ; sur sa photo de profil, la seule d'ailleurs qu'elle avait fournie, elle s'était laborieusement étalée sur un sofa, ayant l'apparence d'être tardivement revenue le soir, lasse après une dure journée de labeur, d'avoir ramassé presto quelque chose au réfrigérateur et d'avoir bouffé tout ce que sa main avait pu trouver. Elle tenait dans sa main quelque chose qui ressemblait à une commande de télé et paraissait être absorbée par un film sur Netflix. Je lui envoyai un message du genre : « Salut, heureux de vous croiser ici et serais content d'échanger avec vous ». Je défilai, et défilai toujours. Avec tout le plaisir, elle m'écrivit instantanément. « *What do you do for living ?* » Je fouillai dans Deepl Translator, comme ça donnait l'impression de ne pas uniquement s'agir de l'amour qu'on chantait sur tous les toits, mais que c'était également et avant tout une question de survie et non de deux vies. Je ne m'étais pas aventuré à lui donner des preuves, à lui démontrer qu'un écrivain, ça ne nourrit pas chez nous. Les autres fois que nous échangions, c'était du genre :

– Ça va ?
– Bien.

– J'espère que tu vas bien...
– Oui... pourquoi ?

Des questions de ce genre auxquelles je trouvais difficilement des réponses. Je n'avais pas attendu si longtemps pour demander à Laura si on pourrait programmer une rencontre ; parler de vive voix était la meilleure des manières et une conduite plus raisonnée avant d'aller plus loin. Je l'appréciais déjà ; elle savait, de ses parents haïtiens, lire en français et parlait le créole haïtien. J'avais lu dans les bouquins cette situation diglossique de ces deux variétés du parler haïtien qui cohabitaient depuis longtemps ; l'une et l'autre variété voulant que les choses restent ainsi pour toujours pour ne pas inverser les tendances linguistiques et les pyramides sociales. Dans l'une des églises haïtiennes que nous avions visitées à Upper Darby, les textes qui s'affichaient sur l'écran étaient en français, tandis que les prêches se faisaient en créole. Lorsque j'étais chez Ecal, un jour après le culte, je demandai à l'ancien de l'église qui me ramenait à la maison dans sa voiture ce qu'il pensait de la situation sociale en Amérique : « *Oh well*, tu sais... on a toujours l'impression que par moments, certaines personnes veulent tout simplement te dire : "tu dois rester à ta place" ». Je demandai si cette situation prévalait encore à l'église : « Oui, malheureusement. Tu verras des églises fréquentées uniquement par les *Blacks* ou par des *Whites* ». Je m'étais demandé comment ils en étaient arrivés là, comment ils se sentaient, et quel message ils pensaient prêcher. Que des assemblées religieuses se créent sur la base de convergence culturelle ou linguistique, oui. Mais pour des raisons « raciales », cela me causait énormément de problèmes.

Laura accepta l'idée par principe que rien ne pouvait se décider sans nous nous soyons vus physiquement. Les appels en visioconférence, même s'ils attestaient notre sérieux, ne pouvaient rien garantir ; le virtuel est aussi très imaginaire et fantaisiste par moments. Le soir suivant, à l'heure où on se connectait pour s'appeler (c'était devenu une seconde nature), elle désista, évoquant un tas de trucs à faire en weekend de son côté, mais je compris que cette rencontre paraissait très prématurée pour elle. Puis, elle revint pour dire qu'elle allait voir ou essayer quand même.

Je décidai alors de laisser le temps jouer sa musique pour réévaluer les impressions et les émotions ; je trouvai donc un moyen d'aller m'occuper d'un boulot qu'on me proposait à Covington. Je sautai sur l'occasion, car depuis mon arrivée, l'ennui commençait à m'assaillir lorsque Laura ne trouvait pas de temps pour se connecter. Un gigantesque pipeline où s'activaient des centaines d'ouvriers : des ingénieurs, des designers, des soudeurs, des *firewatch*... venus du Michigan, des États du sud et du centre... Le monsieur, un type très grand, nous confia qu'il avait été l'un de ceux-là qui avaient encadré les secouristes lorsque les tueurs avaient semé la terreur aux tours jumelles qui s'écrasèrent dans *Ground Zero* avec tout son contenu. Il parlait de ce métier de *firewatch* très laborieux, pénible, disant que rien n'était plus ennuyeux que de tenir debout presque sur place pendant plus de dix tours d'horloge, attendant la moindre étincelle de feu provoquée par les flammes des soudeurs pour s'y jeter avec fureur avant que le feu ne s'étende sur d'autres parois. Il avait parlé pendant une heure et nous demanda si nous avions des questions ou des choses qui restaient encore confuses dans nos esprits. Je comprenais à peine tout le machin qu'il avait raconté, à part le fait qu'il avait mentionné que depuis ce 11 septembre, la question de la sécurité était devenue plus qu'une priorité du gouvernement américain et de ses citoyens ; une question de vie ou de mort. J'avais donc beaucoup pensé. Et mes pensées naviguaient entre les défuntes tours jumelles et l'énorme pipeline dans laquelle on devait tous s'engouffrer.

Nous montâmes dans la voiture pour nous diriger vers une clinique ; nous devions y faire le fameux *drop test*. Notre collègue qui avait distrait un de nos examinateurs avait l'air embarrassé ; il me dit qu'il n'avait rien pris, mais craignait quand même qu'on trouve des substances dans son sang. J'avais à peine caché mes rires, tant il s'agitait comme si son cas était désespéré. Il m'avait quand même secouru lorsque l'examinateur avait demandé mon dossier pour vérification et pour remplir une feuille qui traînait. Il regarda longuement le *Social Security Number* puis projeta ses regards sur moi : « Ils ne reconnaissent pas les Blacks. Pour eux tous se ressemblent », m'avait-on assuré, même si j'étais convaincu que porter une autre identité que la mienne était synonyme de mettre ma vie en danger. Que tout le monde le fasse ou pas, que les usines ou le marché du travail soient dans le besoin criant d'une nouvelle main-d'œuvre ou pas, que les autorités du pays en soient informées ou non, qu'elles ferment les yeux sur ça et procèdent à des représailles, à des déportations, et à des expulsions pour des cas rares, cela ne m'agréait guère. Il y a des vertus qu'on ne peut bazarder. Des principes qu'on ne peut marchander ni compromettre. Ça nous suit tout le long de notre vie ; on peut s'enrichir comme Crésus, mais on traînera toujours le cas de conscience. On s'évertuera à s'en débarrasser par mille excuses, mais ça reste toujours là, logé quelque part dans notre cerveau. Autant agir d'après ce qui convient, et non selon ce que le monde pense être la norme. Mes aisselles transpiraient. Mon collègue, qui sentait ma souffrance, dit quelque chose à l'endroit de l'examinateur pour l'embrouiller. Ce dernier s'était maintenant courbé sur la feuille. À la fin, il me demanda de parapher. Ce que je fis expéditivement, les mains tremblant de peur.

Lorsqu'enfin il fut décidé de nous rencontrer à Philadelphie, je résolus de contacter Ecal qui y vivait déjà avec sa famille, cette famille devenue la mienne quelques mois après ma première rencontre avec Laura. Parce que j'avais conclu d'y aller vivre pour me rapprocher d'elle et de voir ce que tout cela signifiait au juste. D'abord, pour Laura, on avait l'impression qu'une relation entre deux personnes qui s'aimaient ressemblait à des exercices de mathématiques. On procède à une démarche, à une démonstration pour arriver à une résolution ou à un résultat concret. Parce qu'il faut fouiller des bouquins et des bouquins sur les *5 Love Languages* pour ensuite faire le test. Chercher dans Google à propos de certains traits de caractère qui différencient et complètent l'homme et la femme. Faire des simulations pour voir les possibilités qui s'ouvrent, sans oublier les multitudes de difficultés qui peuvent entraver une union paisible ou plutôt tolérable. Il s'est avéré que Laura était très serviable et disponible. Parfois, il lui arrivait de me demander pourquoi presque toutes nos conversations tournaient autour du boulot, du temps qu'il faisait, des activités de la journée qui se résumaient pour elle à son travail et pour moi à traîner entre le salon et le balcon (depuis le début de la chose). Comme si elle avait oublié que le test révélait que mes langages d'amour étaient le temps de qualité et les mots d'affirmation, elle me rappelait tout le temps que je n'avais pas besoin de m'apitoyer sur ses longues journées de travail, que parfois quand ça sentait mauvais, il fallait le dire au lieu de vouloir complimenter. Cela, dit-elle, allait lui permettre de mieux me connaître ; du genre à savoir les situations qui pouvaient m'agacer et me pousser à péter un câble. Je lui avais dit aussi que le test révélait mon penchant pour le toucher physique. Mais Laura était cette fille pour qui même le simple fait de se serrer la main devenait un fardeau. Il m'arrivait de la taquiner en lui disant que je l'aimais, mais elle esquivait ou murmurait tout bonnement : « OK. OK... » !

Aussi, il est vrai que la question « *What do you do for living ?* » n'avait pas été évoquée lors de nos discussions, mais Laura me pressait avec des questions sur des sujets relatifs à mon avenir dans ce vaste territoire américain : comment je comptais trouver du travail, si j'allais rester pour y vivre toute ma vie, si je visitais un tas de sites et d'autres liens qu'elle m'envoyait (et ne vérifiait pas d'ailleurs l'utilité de certains). Je lui répondais au début que oui, je m'y investissais diablement, que si j'étais venu aux USA, ce n'était pas pour traîner comme un fainéant aventurier, mais que je savais bien ce que je voulais. Le lendemain, elle revenait avec les mêmes sujets et les mêmes questions, sous prétexte qu'une femme a toujours besoin qu'on lui ressasse la même chose, la même histoire mille fois. Je compris que cet amour avait un lien étroit avec ma condition, sinon pourquoi demander : « Et si tu trouves un jour du boulot, penses-tu pouvoir toujours m'aimer comme tu le dis ? ». Du reste, je compris que pour ne pas me fatiguer pour rien, je devais m'effacer, chercher à régulariser ma situation de visiteur. De ne plus dépendre ni ne plus compter sur ses faveurs. Parce que ses questions (de savoir pourquoi elle était la seule personne, d'après ce qu'elle concluait, à les poser, ou pourquoi je n'abordais pas certains sujets qu'elle supposait impératifs) et la pression sur les liens qu'elle transmettait par mail m'irritaient au point que je résolus de ne plus aller chez elle, surtout que la peur déclenchée par la chose-là que tout le monde redoutait avait fini de s'emparer de tous les cœurs. Je restais donc à la maison.

∴

La ville était devenue fantôme. Les services étaient presque devenus inexistants. Les grands magasins avaient aussi fermé leurs portes. Les églises et les lieux de rencontre publics avaient reçu des recommandations de la part des autorités locales qui demandaient à tous d'éviter si possible ces endroits, ou à la rigueur de diminuer le nombre de participants. Dans les parcs, il y avait des inscriptions sur les panneaux signalant leur fermeture temporaire. Les écoles et les universités avaient également fermé leurs portes et avaient renvoyé tous les élèves et étudiants à la maison pour des vacances pour le moins très forcées ; ça commençait à agacer les parents qui, maintenant, comprenaient les peines qu'enduraient les enseignants en classe. Jadis, ça boudait pour un rien, et les enseignants étaient tenus responsables des mauvais comportements et performances des enfants. Ces petits capricieux rendaient maintenant la vie telle qu'elle était à leurs parents, obligés de les encadrer pour ne pas qu'ils désapprennent. Car même les cours en ligne envisagés on ne savait pour quelle date créaient beaucoup d'ennuis, car nul ne s'y était vraiment préparé. Et certains parents se lassaient déjà parce que cette nouvelle méthode d'enseignement-apprentissage leur rendait la vie dure, très dure même. Mais c'est qu'avec cette chose-là, la vie ne pouvait plus être comme celle d'avant avec ses caprices et ses aises. Il fallait vivre avec. Avec la chose. Soit. Certains professeurs, non contents ou en âge de raccrocher, avaient trouvé un moyen pour rendre le tablier, car déjà tenir une classe en présentiel était plus qu'une course d'endurance, mais donner des cours en ligne, avec un matériel nouveau sur une plateforme souvent capricieuse, serait insupportable. Sans compter ces cas multiples de fraudes lors des évaluations.

Ecal me raconta une scène d'une étudiante qui avait décidé vaille que vaille de tricher lors d'un contrôle. Son professeur, qui surveillait ses agissements devenus très anormaux, passait devant elle, se retournait aussitôt pour épier le moins bruit comme cela se faisait lorsque ça arrivait. L'étudiante tenait en cachette un bout de papier que le professeur tentait de scruter pour continuer l'exercice d'algèbre linéaire. Ça bloquait. Elle avait l'air de suffoquer ; le professeur s'impatientait. Finalement, comme le temps pressait aussi, elle sortit le bout de papier et commença à faire du copier-coller. Le professeur, dans tous ses états et sans état d'âme, s'amena et retint le papier pour l'en empêcher. Ça avait tiraillé tellement que le reste de la classe était perturbé. Tout le monde regardait : « C'est de la triche... lâche le papier ! », criait le professeur décidément prêt à ne pas céder. De son côté, l'étudiante retenait fermement l'autre bout du papier, l'air menaçant : « Faites gaffe de ne pas déchirer mon papier ! Oui, c'est de la triche, et je vais bien tricher... Lâchez mon papier je dis... Qu'est-ce que vous voulez ? Lâchez mon papier, je vais tricher ! ».

Dès le jour suivant, Ecal se proposa de fabriquer des masques à sa façon. Elle avait rassemblé un tas de vieux soutiens-gorge qu'elle entassa au salon. Elle était à dire vrai un peu énervée à cause de la femme du pasteur, couturière devant Dieu et devant les hommes, qui n'avait malheureusement rien pu faire pour elle. Elle en avait passé les commandes, ou plutôt, celle-ci lui en avait promis en quantité suffisante. Pourtant Ecal ne l'avait pas sollicitée au tout début. Mais parce qu'elles étaient devenues des sœurs en Christ, elle croyait à ses promesses comme parole d'évangile. Arrivée de son petit Congo natal où elle avait appris avec zèle ce métier, parce qu'il y avait la grande Kin-la-Belle à côté, cette femme du pasteur de l'église qu'Ecal fréquentait conclut qu'en terre américaine, cela lui prenait beaucoup de temps de faire son réseautage pour s'attirer la belle clientèle. Elle résolut alors de laisser cette affaire de couture pour se lancer dans d'autres choses et se faire très vite de l'argent. Cela arriva ainsi, mais elle n'oublia pas sa machine à coudre posée dans le salon ; elle allait de temps à autre, à ses heures perdues, mettre le pied sur le levier, histoire de ne pas la laisser s'abîmer aussitôt. Lorsque le bruit de la chose lui parvint, elle reprit son ancien boulot du pays pour boucher les trous. Elle venait d'ailleurs de perdre son emploi.

Elle promit d'apporter les masques à l'église. Ecal, qui s'était presque lassée de le lui rappeler, y crut. Mais ce jour-là, elle ne vint pas à la prière, à cause de son fils d'à peine six ans qu'elle voulait épargner de la chose bizarre venue d'ailleurs et qui occasionnait tant de panique, même chez les fidèles. Elle remit le sachet à son mari. À la fin du culte, ce dernier lut chaque bout du papier bien collé au masque. Le nom d'Ecal n'avait pas été entendu. Cette dernière alla demander des explications au mari qui lui notifia aussi sa surprise parce qu'il avait eu vent des multiples démarches qu'entreprenait Ecal auprès de sa femme.

– C'est quoi ces trucs, ma fille ? demandai-je à Ecal qui me sollicitait pour faire passer le fil par le chas d'une aiguille.
– Tu sais, dans la vie-là, il faut savoir ne pas dépendre des gens. Ça t'évite des ennuis et des déceptions. Les hommes sont ce qu'ils sont et resteront ainsi. Forge-toi ta propre voie, le reste, Dieu s'en occupe.

Elle accourut appuyer sur l'interrupteur ; il faisait un peu sombre dans le salon. La lumière jaillit. Je mis mes verres de lecture pour zoomer sur le chas. C'était encore plus petit. Je remis une seconde fois le fil dans la bouche pour arranger le bout avec de la salive.

– Où est-ce que tu as appris ce truc ? lui demandai-je.
– Hahaha... ! Tu sais, hier je regardais une vidéo sur YouTube d'une dame qui réussit tant bien que mal à fabriquer ses masques avec ses vieux soutiens-gorge.

Je m'esclaffai. Je continuais à rire à gorge déployée quand Grandma fit irruption dans le salon, apparemment ameutée par le grand bruit que je faisais. Je me tus, mais le rire m'étouffait.

– Tu sais hein, la chose-là finira par tous nous démasquer. Même avec les masques. Je te jure. Dieu pardonne ma bouche ! De toute façon, il faut faire avec, ce n'est pas si compliqué que ça. On va y arriver. Qu'est-ce que tu veux ? Il arrive un moment où tu ne peux plus compter sur ton prochain. Ce moment-là est presque arrivé, il est là.

- *Mba*[23] c'est la fin du monde ? s'invita Grandma qui regardait et écoutait, les mains sur la taille.
- Qu'est-ce qu'elle a dit ? s'enquit Ecal, trop occupée par son travail.

Je riais des propos de Grandma qui pensait que Dieu, jusque-là trop patient, avait déversé sa rage sur la Terre pour raisonner les hommes qui n'en faisaient qu'à leur tête.

- La fin des temps, elle a dit.
- La fin de quoi ?
- La fin du monde.
- Qui a dit ça ?
- Ooh Ecal ! Laisse le truc-là d'abord et parle avec les gens si tu veux.

Ecal découpait les petits morceaux qu'elle raccommodait sur d'autres tissus ; elle tenait entre ses jambes son téléphone pour en même temps revoir la vidéo de la dame. Une fois. Deux fois. Trois fois. Elle s'y activait, de la morve lui coulant du nez. Elle la ramenait aussitôt dans son nez, le regard fixé sur l'aiguille et le bazar de débris de tissu. Elle essayait chaque masque sur son visage à la fin de chaque raccommodage, sans réaliser qu'il y avait cinq différentes personnes à masquer chacune selon la taille et la forme de son visage. Elle invita tout le monde autour d'elle, mais constata aussitôt qu'il n'y avait rien d'élégant dans tout ce qu'elle avait entrepris jusque-là ; un travail non soigné. De toutes les façons, il fallait faire et vivre avec. C'était tout.

---

[23] « Est-ce que ? »

Naomi, qui devait arriver peu après, sonna à la porte. Ecal débarrassa les morceaux de tissu du salon. Naomi y passait de temps à autre pour le suivi de la dernière fille d'Ecal, Grace, âgée de quelques lunes. Elle portait des lunettes qu'elle posait sur son nez pas trop pointu. Grande de taille, elle avait de longues jambes qui la projetaient au-dessus de tout le monde dans la maison. Elle travaillait au centre Planned Parenthood qui s'occupait du bien-être des enfants dont les parents demandaient les services. Je la saluai virtuellement, puis j'allai m'asseoir vers la porte qui donnait sur le balcon.

– Qui est-ce, celui-là ? demanda-t-elle.
– C'est mon cousin. Il est arrivé il y a quelque temps seulement.
– Ah cool ! dit-elle, essayant de remonter ses lunettes et balançant son regard derrière comme si elle me cherchait – elle m'avait tourné le dos. C'est ton cousin..., mais pourquoi Nene et Toinette l'appellent Grandpa ?
– Hahaha ! fit Ecal. Oui en fait...

Nene n'avait pas attendu pour couper la parole à sa maman.

– Attends ! Parce que c'est le papa à maman, voilà pourquoi nous l'appelons Grandpa. Et Grandma aussi, c'est la maman à ma maman. Tu sais, Grandpa nous raconte des histoires chaque soir avant d'aller au lit... Il...
– Oh cool ! reprit Naomi sans vraiment se convaincre de ce que venait de relater Nene.

Ecal reprit donc.

– Chez nous, ça se passe aussi ainsi... tout le monde est parent de l'autre lorsqu'on remonte le lignage. Il se trouve que d'après cela, il est un

frère de mon père, donc grand-père de mes enfants.
– Ah, je vois ! Et...

Elle n'avait pas terminé ce qu'elle voulait dire que Nene laissa échapper une vilaine et longue toux. Naomi remit ses lunettes et se redressa.

– *What happens ? Are you OK ?*[24] cria-t-elle, très tremblante.
– Neneee !

Ecal tenta de la reprendre pour qu'elle arrête ou pour qu'elle étouffe sa vilaine toux. Nene se dirigea vers les toilettes. Elle avait laissé jaillir une longue morve qu'elle retint dans sa main pour l'empêcher de s'écraser sur le sofa. Ecal la rejoignit. Pendant ce temps, Naomi jetait des regards dans tous les sens. Elle ramassa ses choses à côté d'elle puis arrangea son corps très étroitement sur elle, malgré sa grande masse. Ses regards ne quittaient plus la direction des toilettes, comme si le mal allait sortir de là pour se jeter sur elle. Nul ne savait ce qui s'était passé, car Nene ne présentait aucun signe de maladie ni d'anomalie ; elle avait joué toute la journée avec sa petite sœur, Toinette. Sa maman, assaillie par les questions en série de Naomi, tentait de rassurer que sa fille avait beaucoup mangé, faisant une cascade de mélange de nourriture qui, à son avis, ne pouvait plus se contenir dans son ventre.

– Tout ce qu'elle aime, c'est la bouffe, dit-elle en se rasseyant sur le fauteuil, tandis que Nene toussotait de plus belle dans les toilettes.
– Tu penses qu'elle n'a rien ? demanda Naomi.

[24] « Qu'est-ce qui se passe ? Est-ce que tout va bien ? »

- Elle est bien portante. Depuis... nous ne sortons plus. Hey, Nene, arrête-moi cela. Arrête tes caprices je dis, hein, menaça-t-elle dans son inconfort, prête à recevoir des explications de sa fille au départ de leur hôte.

Naomi aussi s'impatientait. Elle resta silencieuse pendant un instant, plongée dans une profonde méditation. Elle ajusta sa montre, puis s'étira doucement.

- Ecal, excusez-moi, je dois assister à une réunion au bureau. Je dois donc partir.
- Ah d'accord, sans souci, Ecal lui accorda-t-elle l'autorisation de partir, le regard menaçant furtivement lancé vers Nene, qui rejoignit le salon.

Naomi prit son sac et d'autres affaires, mais se rassit, car Nene qui venait dans sa direction avait presque obstrué le passage. Nene se dirigea vers le fauteuil, laissant la voie à Naomi de filer vers la porte qu'Ecal ouvrit, puis elle disparut.

- Toi là, viens ici ! Qu'est-ce que je t'ai fait ? Qu'est-ce que je t'ai fait, hein ?
- Heey Nene ! se désola Grandma de son côté.
- *What ?*[25]
- *What ?* Qu'est-ce que tu viens de faire aujourd'hui ? Regarde ce que tu as fait aujourd'hui à... à... à... à Naomi. Tu vois maintenant ? Qu'est-ce que tu as ? Dis-moi, qu'est-ce qui ne va pas ? Tu es malade ?
- Non.
- Alors qu'est-ce qui s'est passé ? *Atcha*, vite dans la chambre... ! lui lança-t-elle avec un long

[25] « Quoi ? »

tchipatou qui fit pleurer Nene, tandis qu'elle se pressait d'aller dans la chambre, la tête fixée au sol.

Les nouvelles qui parvenaient de l'Europe n'étaient plus rassurantes. En Asie, la situation se compliquait et était presque devenue intenable. En Afrique, comme d'habitude d'ailleurs, un bilan macabre se prévoyait. Des experts en avaient fait un sujet d'actualité, donc de longues palabres, comme si la chose elle-même venait de là. Parce que là-bas, tout devait s'y jouer, commerce illicite, manipulation, vente et vol de produits et d'autres ressources vitales. Il s'y ajoute que le continent avait presque envie de lâcher prise, pour ne plus rien craindre, pour affronter tout danger quelle que soit son origine ou son ardeur, parce que les populations étaient presque entièrement immunisées contre les multiples souffrances qui les tuaient de la belle mort.

Ecal pensa à un plan d'autoconfinement pour barrer la voie à toute éventualité, parce qu'avec un système de santé aussi macabre et inaccessible, tout pouvait basculer à la moindre imprudence. Et comme les échos de la chose inquiétaient, tous nous acceptions la proposition avec joie. Mais, il restait le cas de Candy, qui ne semblait rien comprendre au danger. Candy était une voisine très aimable qui pouvait débarquer dans la maison comme elle voulait ; à chacune de ses visites journalières, très nombreuses, elle apportait toujours des cadeaux qu'elle distribuait gaiement aux enfants qui sautillaient. Elle était en âge de la retraite, mais comme ici rien ne retient personne, elle continuait un master en comptabilité et se projetait bellement pour une nouvelle carrière. Mais notre Candy joviale ne savait pas cuisiner ; son mari, une belle âme, ancien

GI[26], s'occupait bien d'elle. Il cuisinait, lui servait à manger et à boire, puis après, il ramassait tout le bazar d'ustensiles et faisait la vaisselle. Pendant ce temps, Candy se contentait de lui lancer : « *Thank you baby !* »[27], lui tournant le dos pour aller s'engouffrer dans sa chambre où elle discutait longuement au téléphone ou via WhatsApp avec sa fille aînée. Lorsqu'elle se lassait, elle se pressait dehors au salon, mais son chéri était toujours occupé par ses jeux de cartes, d'échecs ou encore par d'autres choses avec sa machine. Pour ne pas trop s'ennuyer, elle prenait son sac à main et filait au supermarché pour aller jouer à la loterie et ramasser tout ce que son cœur désirait ou tout ce qu'elle pouvait. Elle revenait donc à la maison ; elle frappait à la porte pour distribuer ces machins à Nene et Toinette. Les matins, lorsqu'elle sonnait, c'était souvent pour demander quelques ronds pour pouvoir se payer un pass pour la loterie. Il s'y ajoute que Candy même n'y prenait aucune garde, parce qu'elle croyait que tout cela n'était que farce et pure comédie. Elle ne savait même pas comment la chose-là se nommait, car lorsqu'il lui arrivait de vouloir le dire, elle s'emballait : « *This thing... Euh ! Whatever !*[28] ». Elle changeait aussitôt de sujet.

Lorsqu'elle sonna ce jour-là, Nene se précipita vers la porte comme à l'accoutumée. Grandma le lui refusa, lui sommant à voix basse de ne pas lui ouvrir : « Eh Nene ! No. No. Si don[29] ! ». Nene sourit, voulant rectifier Grandma qui massacrait l'anglais, et dit : « Grandmaaaa ! ». Grandma lorgna minutieusement à travers le judas ; elle reconnut vite Candy qui s'était

---

[26] Soldat américain.

[27] « Merci, chéri ! »

[28] « Que sais-je ».

[29] *Sit down* (« va t'asseoir »).

plantée juste devant, dans le couloir. Grandma fit signe de la main à Ecal que c'était bien elle, puisqu'elle ne pouvait pas parler de peur de se faire entendre. Les filles observaient la scène, le trajet de Grandma sur la pointe des pieds lorsqu'elle s'était dirigée vers la porte. C'est à croire que Candy n'était pas du tout dupe, car à force d'insister, elle comprit vite que quelque chose se jouait à l'intérieur de la chambre ; elle apercevait un léger bruit derrière la porte, puis tendant l'oreille, un silence de cathédrale régnait dans la pièce. Mais le plus drôle dans cette histoire occasionnée par cette chose, c'est qu'un jour, pendant qu'Ecal venait à la porte, Candy s'en approcha. Elle visa sur le judas et vit un gros œil qui l'épiait : « *Hiiiii !* », émit-elle. Ecal ouvrit finalement la porte. Candy lui sourit et voulut l'embrasser. Ecal se retira, lui faisant croire que les experts interdisaient maintenant ces accolades et autres salutations collantes. Que dorénavant, elle devait porter ses masques, accepter d'enduire ses mains de gel si elle comptait toujours venir leur rendre visite, mais surtout éviter ses incessants va-et-vient sans but au supermarché. Candy résolut de s'y conformer, sans toutefois rien promettre, parce que convaincue que la chose qu'on redoutait diablement n'était qu'une connerie de plus.

Ecal revint au salon, et empoigna la commande qu'elle pointa vers l'écran du téléviseur accroché au mur. Depuis le début des bruits qu'avait occasionnés la chose, une multitude d'hommes de Dieu se livraient à longueur de journée à des prêches de tout ordre. Certains mettaient beaucoup l'accent sur la prière, parce que les temps étaient pourris, selon eux. Que seule la prière du juste pouvait délivrer ; ils intercédaient alors pour les autres qui se vautraient dans le mal au point d'attirer l'attention de Dieu qui, maintenant très en colère, se repentait, et se désolait d'avoir créé l'humain, déversait toutes ces calamités sur lui pour qu'il puisse enfin redresser sa tête. C'étaient donc ces envoyés de Dieu adulés par les peuples en ces temps de détresse qui tenaient en alerte et consolaient le peuple obligé de remettre leurs fardeaux sur eux. Ils affichaient alors les numéros de téléphone et des comptes en banque pour les séances de prière et d'autres services qu'ils offraient en privé. Certains de ces hommes s'installaient dans une pièce bien aménagée, autour de rayons de livres comme une bibliothèque ; ils y délivraient les paroles que Dieu mettait sur leurs lèvres, et leurs lèvres brûlaient de mille feux. Ils priaient beaucoup. Ils lisaient des versets de la Bible ou des psaumes entiers. Souvent même, les prières étaient tirées des mêmes versets ou de longs passages bibliques. Ça se terminait après dans un enchevêtrement de paroles qu'on ne comprenait plus en fin de compte. Grandma se demanda si l'homme de Dieu s'adressait dans sa langue d'origine.

Pour d'autres hommes de Dieu, ces moments de confinement étaient une bénédiction pour les créatures de Dieu qui, sans tenir compte des temps d'ignorance et d'autres appels sans fin, les appelait maintenant à la repentance. Point : « Repentez-vous ! », scandait le prêcheur qui postait régulièrement ses prédications quotidiennes et invitait les suiveurs à les *liker*.

- Prends celui d'hier-là, dit Grandma à Ecal. Lui, il parle bien.
- Euh ! Qui encore ?
- Le petit-là qui parlait de l'homme de Dieu qui cou...

– Ahaaaa ! Hahaha ! rit Ecal. C'est quoi encore sa chaîne ? Euh… ! Voilà.

Elle zappa plusieurs fois, puis retrouva dans les vidéos récentes : « Christ est Jésus ».

– Je l'aime aussi. Il parle bien. Ses paroles m'ont vraiment beaucoup édifiée.
– Mais ces choses existent bel et bien *deh* ! Comment est-ce qu'un homme, de surcroît de Dieu, peut faire cela ? se désola Grandma.
– Ah… ! Ça arrive. De faux docteurs qui ont besoin de délivrance, reprit Ecal.
– Que faut-il alors faire ? Le dénoncer ? Ici, qu'est-ce qu'ils feraient ? La police interviendrait-elle ? voulut savoir Grandma.
– Je n'en sais rien. Ce qui est sûr, c'est que c'est un véritable Babel qu'il faut quitter sans tarder. Ceux-là, on les nomme les agents déguisés en anges de lumière.
– Ah ! Satan aussi *deh* ! Qu'il est fort ! s'exclama Grandma.

L'homme de Dieu avait parlé d'un autre tout-puissant homme de Dieu dont il avait tu le nom, par charité. Ce dernier, d'après lui, possédait une importante congrégation où il officiait comme prédicateur principal. Il parlait bien ; il savait vraiment bien parler. Des fidèles de tout ordre, des Africains pour tout dire, allaient assister aux réunions et aux cultes. Certains en mal de trouver un ou une partenaire ou encore du boulot dans un pays étranger comme la France allaient le trouver pour qu'il plaide pour leur cause. D'autres, mariés, mais qui n'arrivaient pas du tout à procréer, demandaient également ses services, parfois payants. L'espoir, donné par la vieille Sarah d'Abraham, était permis ; il évoquait souvent ce récit, un prétexte pour convaincre sa clientèle. L'homme de Dieu rappelait souvent d'ailleurs que Dieu l'avait grandement béni en le dotant d'un pouvoir spécial pour réparer ces maux.

Il arriva donc un jour où une fidèle, après avoir écouté le message, s'était convaincue du besoin d'aller parler au tout-puissant homme de Dieu ; Dieu lui avait parlé ce jour-là. Sans trop de palabres devant la foule qui le sollicitait de toutes parts, elle prit ses coordonnées et lui promit de le rappeler. Le tout-puissant homme de Dieu qui ne semblait pas s'y intéresser avait déjà une idée précise du mal qui rongeait la dame. Lorsqu'elle composa son numéro de téléphone quelques heures après le culte, la fidèle s'étant d'abord désolée du dérangement, il la rassura que c'était son job, qu'il travaillait même tard en dehors de ses heures régulières. La dame se rendit donc au rendez-vous fixé sans hésiter.

– Prions d'abord, lui dit-il.
– Voilà... Pasteur. J'ai perdu mon mari. Il a divorcé depuis quelque temps. Et pour cette raison, nous en avons discuté, mais aucune chance pour moi, car je ne savais pas qu'il avait déjà pris sa décision...
– Dieu est bon. Nous lui rendons grâce, même dans les situations que nous autres croyons pires. Tu vois... oui, continue ! fit-il signe à la dame qui le lui rendit d'un geste de sa main pour continuer.
– Je vis donc ce calvaire depuis longtemps, depuis même notre union il y a maintenant presque un quart de siècle.
– Mais tu es encore jeune, ma chère. Vis ta vie ! Tu es trop... hein ! Oui... allez-y !

– Je sens que Dieu m'a parlé par votre entremise. Je ne pouvais que céder. Je veux donc votre aide.
– Alléluia, Dieu soit loué ! Votre mari, ou ex-mari, était-il chrétien ?
– Au début, il venait avec moi à l'église, mais après...
– Oui, c'est toujours ça, et ça finit toujours ainsi... ! Je vais te dire une chose. Voilà pourquoi nous encourageons les jeunes gens, surtout les filles, à ne pas se lier avec n'importe qui. Il y a des aventuriers d'amour, mais qui sont véritablement possédés par les esprits qui déversent sur vous un poison mortel de malédictions... Tu vois le mal maintenant ? N'acceptez pas que n'importe qui entre dans votre vie, ça va vous détruire. Il faut donc une chose, et une seule. La délivrance. Tu vas avoir des enfants, au nom de... !
– Merci, Pasteur. Vraiment, vous avez tout dit. Dieu merci, Pasteur ! se soulagea la femme qui ne cessait de balayer furtivement la pièce de son regard.

Sans passer par beaucoup de protocoles comme si le temps pressait, le tout-puissant homme de Dieu invita la fidèle à se décharger de ses affaires qu'elle tenait autour d'elle. Ils entrèrent dans une petite pièce plus au fond. Là, il l'attendait ; il tenait un petit bocal contenant un liquide gluant. Elle se mit à genoux. Il posa une main sur sa tête tandis qu'avec l'autre, il tenait au début le bocal, mais après cette main faisait un autre travail. L'huile d'onction coulait et descendait doucement sur le corps de la dame. Il lui demanda d'enlever ses chaussures, sa chemise, sa perruque, son pantalon moulant... puis tout et tout. Le tout-puissant homme priait fort, très fort même comme s'il allait entrer en transe. Il versa le liquide sur son front, et subitement lui demanda de s'étaler sur le sofa comme elle fut venue au monde.

- Euh Pasteur, c'est comme ça ? émit la dame très apeurée, sanglotant.
- Je te le promets et prie au nom de... ! continua-t-il.

À un moment donné, elle avait l'impression que la pièce allait se renverser sur eux ; elle s'était elle-même renversée, et ne savait dans quelle posture elle s'était retrouvée. Elle gémissait fortement, et perdit peu à peu connaissance.

Le prédicateur de la chaîne « Christ est Jésus » tançait donc son collègue qui, à ses yeux, avait besoin de délivrance. Que c'était de foireux ouvriers à fuir comme la peste ou comme cette chose-là venue d'ailleurs, de très loin. Donc il disait comme ça et suggérait aux hommes et femmes de quitter ce capharnaüm de culte à l'allure des parties ou de simples rencontres de divertissement et de distraction. Rien de plus : « Vous les connaîtrez par leurs œuvres ! », scandait-il, s'appuyant à chacun de ses propos sur des versets tirés de la Sainte Bible qu'il tenait entre ses mains : « Quittez, je vous le dis ! ». Mais l'autre problème que cela occasionnait, c'est où aller si on venait de quitter. Voilà pourquoi ceux-là mêmes qui étaient avisés trouvaient normal de rester, ne serait-ce que le temps de trouver un lieu sûr. Et cela énervait le prédicateur de la chaîne « Christ est Jésus », peut-être voulait-il vivement que ces brebis qu'on égarait le rejoignent. Il ne comprenait toujours pas leur attitude ; pourquoi le processus de reconversion était-il aussi lent ? Pourquoi ça endurcissait les cœurs ? Pourquoi ça raidissait les cous ? Comme s'il voulait les maudire, il priait que

Dieu fasse Lui-même le travail pour solder leurs comptes. Il est vrai qu'il ne disait pas directement que cette chose-là redoutable provenait du grand Créateur, donc de Dieu, mais à l'écouter avec deux oreilles attentives, on pouvait se rendre à l'évidence de l'apologie qu'il en faisait par le jeu de mots stylisé : « J'entre dans notre appartement l'autre jour ; il y avait un monsieur qui habitait le même immeuble. Il sort un mouchoir de sa poche ; il saisit la poignée à l'aide du mouchoir pour ouvrir la porte. Ça glissait, et la porte refusait de s'ouvrir. Les gens attendaient donc. Je cherchai une voie. Je lui dis : *S'il vous plaît, Monsieur !* J'ouvris donc la porte. On se retrouva dans l'ascenseur. Il me demanda pourquoi je ne mettais pas de masque. Je devais lui dire que Jésus est mon protecteur. Qu'en Lui, vous avez la protection. Que je n'avais pas besoin d'un machin de... que mille tombent à gauche, que dix mille tombent à droite, bien-aimés, Christ est Jésus ! ».

L'homme de Dieu continuait tel qu'on pouvait croire que tout le monde lui prêtait une oreille attentive, dans un autre registre, cette fois-ci à propos du réveil de l'Église en Afrique, car dit-il : « Jamais dans l'histoire de l'Église le réveil n'a été assimilé à l'argent. Qu'il n'y aura jamais de réveil dans l'Église en Afrique tant que cette Église reste liée à l'argent. C'est la repentance, la circoncision et le brisement du cœur qui accompagnent le réveil, et rien d'autre. Le réveil, je vous le déclare, n'a rien à voir avec le dollar, l'euro, la roupie, le franc CFA et autres. Ça vient avec l'humilité du cœur. Autrement, le message exploiterait les pauvres chrétiens qui deviendraient éternellement pauvres et malades. Le message de la prospérité a pourri des vies dans l'Église en Afrique. C'est comme si ces hommes de Dieu n'ont plus le même esprit qui guide les bons bergers. Les prêcheurs s'engagent dans une course pour s'enrichir. Mais ce qui est navrant, c'est que les peuples demeurent toujours pauvres, tandis que les supposés guides s'enrichissent énormément. Ce message donc, de la prospérité, détourne les cœurs d'innocentes âmes des véritables richesses de la foi chrétienne ; il réveille en eux le désir de la chair, des choses mondaines. Ce que notre Dieu veut tuer, ce qu'Il veut mettre à mort, eux ils viennent le faire revivre par le message de la prospérité. Le message de la prospérité n'a d'autre projet que de produire des chrétiens arrogants, orgueilleux, fanfarons. Eux-mêmes, ces conducteurs aveugles, hautains, dépourvus de sagesse, médisants, rapporteurs, cupides et pleins d'envie, amis du CFA et autres, ont l'apparence de la piété dans leurs comédies, mais renient sciemment dans leur cœur la vraie piété. Quittez-les, éloignez-vous de leur message ! Parce que ce message de la prospérité a étouffé et étouffe encore celui de la croix du Christ. Étouffer la puissance de la croix de Jésus ne saurait être un plan de Dieu qui, non seulement veut nous sauver, mais veut nous conduire à la maturité... »

- Jésus protège... ! émit Ecal.
- N'a-t-on vraiment pas besoin de masques ? s'enquit Grandma, peu rassurée.
- Pour lui, il n'en avait pas besoin...
- Ah yoo ! Pour lui au moins. Peut-être, mais la chose-là, eeh !
- Je ne vois pas la logique dans cette histoire, répliquai-je. La foi, oui. Mais il y a des situations où on ne peut tenter Dieu. Cela n'est pas une façon de l'éprouver... Je crois que les chrétiens, pour certains, tombent souvent dans cette façon facile de se conduire. Bon, de toutes les façons, je

ne suis pas prédicateur et ne saurais entrer dans la pensée de Dieu. La Bible même nous donne assez d'idées, d'exemples.

- Ah..., tentait Ecal de dire quelque chose, plongée dans une méditation obligée.
- Regarde, Ecal, repris-je. Tu penses que parce que Christ est Jésus, que j'ai Jésus dans ma vie, je ne dois pas porter mon masque, encore moins me protéger en me foutant royalement de toutes les mesures édictées par les autorités avec qui je dois d'ailleurs être en règle, pour m'exposer dangereusement à cette chose-là, même devant des cas suspects ? On m'a dit qu'il y avait un jour une campagne d'évangélisation. Il y avait un monde fou. Mais à peine le prédicateur avait commencé à délivrer son message de foi qu'une grosse tornade qui attendait s'abattit sur la foule. Ça résistait au début, mais soudain, la tente commença à s'affaisser. Le prédicateur coupa vite son message et s'enfuit, dans une bousculade monstre, avec tous les fidèles. On lui demanda après s'il n'avait pas la foi qu'il prêchait. Il dit quand même que oui, mais que sa foi avait des yeux aussi !

Ecal éclata et rit longuement. Grandma, quant à elle, ayant fini de prendre ses dispositions, dit :

- En tout cas, nous autres, on ne se porte pas bien !
- Mais est-ce que, continuai-je, pour autant Dieu que nous protège, nous n'allons pas porter nos masques pour nous protéger ? Est-ce que parce que Dieu nous garde, nous allons nous jeter les uns sur les autres comme si tout était normal ? Est-ce parce que Dieu nous protège que je vais embrasser quelqu'un pour lui dire : *Éternue encore sur moi ?* Ce n'est pas parce que j'ai peur

de la mort ou de la maladie. La Bible dit d'ailleurs que même s'ils boivent quelque breuvage mortel, il ne leur fera point de mal. Mais est-ce pour autant que je vais prendre du poison ? Oui, si par manque de connaissance j'en bois, Dieu me protègera, mais si je suis avisé, dois-je tenter Dieu à ce point ? Ce n'est pas parce que je suis disciple de Christ que je vais envoyer mes enfants dans une école où beaucoup de cas se signalent et que les enfants y sont malades. Pas parce que je suis médecin que je ne vais pas porter mon masque, que je ne vais pas veiller sur ma santé. Car si je reste sans consommer de nourriture, Dieu Lui-même va-t-Il me donner à manger avec sa propre main ? Parce que je suis chrétien, je ne vais pas me laver, car Dieu va me laver Lui-même ? Que je ne vais pas porter de chaussures et marcher sur des épines, car Dieu va me protéger, moi qui suis le plus zélé de tous en tout ? Fermer un lieu de culte, ce n'est pas pour autant fermer la foi, car l'Église n'est pas un bâtiment. Pourtant le diable lui-même alla tenter le Christ en lui demandant de se jeter du haut du temple de la ville sainte, lui rappelant que Dieu donnera des ordres à ses anges à son sujet pour le porter sur leurs ailes afin de le protéger contre les pierres. Mais que lui a-t-il répondu ? Qu'on ne tente pas son Dieu, aussi puissant soit-Il. Dieu, Il ne s'oblige pas à agir. Il nous a dotés d'intelligence pour sagement nous conduire. Il nous a donné la connaissance pour Lui être utile et pour nous en servir nous-mêmes au besoin. Et je suis sûr que s'Il avait été entraîné de force, Dieu allait agir pour le secourir.

Cette nuit-là, je n'avais pas bien dormi. La journée avait été trop chargée en mauvaises nouvelles, et la chose inquiétait maintenant. Je m'étais retourné sur le lit plusieurs fois sans fermer l'œil. Les idées, aussi obscures et imprécises, défilaient dans ma tête. J'essayais de soulever mon corps pour m'asseoir sur le lit trop défait, mais mes muscles endoloris refusaient. Que devais-je même faire à mon réveil ? Je n'en étais vraiment pas sûr. Aller m'asseoir au balcon ? Oui peut-être, mais rien n'était sûr surtout avec Grandma qui craignait pour sa vie, gagnée par la peur. Aller m'asseoir devant mon écran d'ordinateur ? Non, car rien ne m'inspirait et ne me donnait le moindre courage d'entreprendre quoi que ce soit. Je ne pouvais non plus m'aventurer à lire, relire les piges, les infos, pour certaines *fake*, avait-on dit au finish, qui circulaient aussi vite comme au son de la trompette. La télé ? Je n'étais pas du genre à passer de précieuses heures devant un écran pour noyer mon temps, pour ne plus penser aux choses sérieuses de la vie. Je m'ennuyais donc bizarrement avant même de me lever du lit. Du coup, un léger sentiment d'inaptitude m'envahit, et je ne voulais rien faire ; je n'en pouvais absolument plus. J'en voulais à moi-même, à la chose-là. À ceux qui en parlaient à tout-va. À ceux qui rajoutaient d'autres choses. À ceux qui ne disaient pas tout, et qui retenaient donc beaucoup de choses. À ceux qui prophétisaient sans retenue des bilans macabres en Afrique. Je pensais au pays, à mes proches. Du coup, un vent de nostalgie me saisit, j'avais envie de retourner au Sénégal. C'était comme si rien ne pouvait me retenir. Je décidai alors de partir, de repartir au pays.

∴

Je reçus un lien, mais je n'avais pas encore vérifié mon mail, car depuis quelques jours une bizarre sensation de paresse dans laquelle je me plaisais m'envahissait. Il y avait donc beaucoup de messages que je peinais à lire, même certains qui semblaient plus urgents, comme ceux dont le contenu était lié aux bourses qu'offraient certaines universités de la place. C'était pourtant des programmes d'enseignement très alléchants. Mais pour ces écoles, j'avais une pleine envie de crier à l'expéditeur : « Cette offre n'est pas opportune ! ». Car, lorsqu'on est mis face à l'horizon indépassable de la fin de son existence, lorsqu'on nous jette la mort en pleine figure sans possibilité de s'y dérober, le premier souci est : comment affronter ce monstre, faute de pouvoir le surmonter ou d'y échapper ? Les études et autres trucs de la vie deviennent d'inutiles ordures auxquelles on ne peut penser. Ce qui importe le plus maintenant, c'est la vie.

Ces messages très provocateurs et osés, et pas vraiment pudiques, assaillaient ma boîte au point que je ne trouvais aucune envie d'ouvrir les autres. Mais l'autre message comportait un programme de résilience et d'aide à tous ceux-là qui avaient été impactés d'une manière ou d'une autre par la chose. Parce que la chose-là au départ épidémique devenait pandémique ; donc les premiers bénéficiaires devaient être ceux qui avaient été affectés parce qu'un ou plusieurs de leurs proches avaient été emportés par la même chose ; ça tuait en fin de compte, et les gens redoutaient la contagion. Puis suivaient ceux qui avaient perdu leur emploi puisque remerciés par les compagnies qui ne supportaient plus les charges. Alors les produits ne s'écoulaient plus à cause du manque de clients, car aussi tout le monde s'était presque replié chez soi, la chose menaçait de plus près. Enfin, ceux qui se trouvaient coincés, sans aucune possibilité de voyager ou simplement de rentrer au bled, parce que là aussi, puisque les voyageurs ne voyageaient plus, les compagnies aériennes, véritables véhicules et agents de la chose même, décidèrent d'annuler tous leurs vols jusqu'à une ou plusieurs dates ultérieures, sauf pour les vols spéciaux et autres qu'on ne comprenait pas. Mais pour tous ces cas, nul ne pouvait savoir à quelle catégorie d'individus on devrait accorder la priorité, parce que ça ressemblait à un véritable pêle-mêle. L'argent roi était là.

Je ramassai mes forces que je parvins à réunir pour allumer ma machine lorsque Grandma survint.

- Il paraît que le Sénégal vient de fermer ses frontières terrestres et aériennes. Un couvre-feu est même en vue pour que la chose ne puisse pas se répandre comme de la fumée.
- Qu'est-ce qui y est arrivé ? Comment la chose est-elle parvenue à y entrer ? me demanda-t-elle.
- C'est ça qu'on n'arrive pas à comprendre. Même si ça se trouve dans l'air, elle ne peut, même avec la volonté du Ciel, traverser tous ces pays et ces eaux pour aller se poser chez nous. Jamais. Du moins on ne sait pas encore, parce que cette chose cache encore beaucoup de mystères.
- Cherche voir et regarde aussi Miyoki.

Grandma se renseignait, on ne savait par quelles voies, mais à chaque heure, elle envahissait la maison avec un tas d'informations, et puis ça discutait toute la journée sur la chose et sur toutes les autres choses qui y étaient liées au point qu'en fin de compte on s'en inquiétait, et cela perturbait grandement le cours de la journée. Ça infestait même les esprits. Je faisais donc défiler le curseur de ma machine, sous la surveillance de Grandma qui s'impatientait, comme si elle s'attendait à ce que je lui confirme le sinistre bilan de la journée.

– Oh... oui ! Je vois.
– Qu'y a-t-il ? C'est donc arrivé là-bas au pays ?
– Oui, malheureusement !
– Ayoo ! Dieu sauve nous ! Sauve mes enfants !

Elle se retourna et dirigea son regard vers la chambre d'où venaient les pas précipités d'Ecal, alertée par ses cris plaintifs.

– *Naa*[30], qu'est-ce qui se passe ? Qu'y a-t-il ?
– La chose-làààà !
– Oui. Quelqu'un est-il mort ?
– C'est arrivé là-bas, je te dis.

Grandma versait des larmes, la main sur la bouche. Ecal s'était rapprochée de plus près pour lire sur la machine.

– Tu vois, c'est ça que je disais l'autre fois. La France avait fermé ses frontières avec les pays africains qui n'étaient pourtant pas vigoureusement atteints. Pourquoi nos autorités n'avaient pas pris à temps les mesures pour stopper ces vacanciers qui y vont pourrir la vie aux gens ? Pourquoi devons-nous toujours et à chaque fois attendre de la France ? dis-je, très remonté.
– Qu'est-ce qu'elle a encore fait ? s'enquit Grandma.
– On a dit que c'est un ressortissant français, du moins venant de là-bas, qui a traîné la chose au pays, disait Ecal, qui s'était redressée, tenant entre ses mains la petite Grace. Tu vois cette

[30] Maman.

France-là… Ahang. C'est tout notre mal ; tout vient de là.

Le journal en ligne déclarait sans modération que le premier cas déclaré venait d'un citoyen français qui, on ne savait par quels moyens, avait voyagé avec la chose qu'il aurait fini de propager, de distribuer à d'autres passagers et personnes avec qui il avait été en contact. Malheureusement, le fêtard très contagieux avait sillonné, dès son arrivée, plusieurs endroits de loisirs, donc la chaîne de transmission de la chose s'avérait longue.

– Il est maintenant où, l'insouciant ? demanda Grandma.
– Il est là-bas, lui dit Ecal. Il est là-bas, non ?
– Oui, il est présentement en quarantaine dans un hôtel, les informai-je.
– Qu'est-ce qu'il fout là, dans un hôtel encore ? râla Grandma. N'y a-t-il pas quelque part pour le garder ? Ou même le foutre dans un avion pour le rapatrier ?
– Personne ne sait… cette chose-là, se désola Ecal qui prit son enfant et alla s'affaler sur le fauteuil.

Elle prit la commande et alla sur YouTube. Elle défila sur « Christ est Jésus » comme si elle cherchait là un réconfort et une consolation.

– Et Miyoki, tu as vu quelque chose ? insistait Grandma.
– New York ? demanda Ecal entre un léger rire.
– Je n'ai pas encore regardé pour là-bas. Le Président n'a pas encore fait le point de presse sur la situation du jour. Hier, les cas de morts dépassaient le millier.

Grandma regagna la chambre sans rien dire. Je continuais à lire, tandis qu'Ecal cherchait toujours son émission préférée. Mais, il paraît qu'elle peinait à trouver une plus récente. En effet, depuis quelques jours, le prédicateur ne postait plus ses prêches ; la dernière remontait à une semaine. Pourtant, tous les jours, il entretenait les disciples et autres curieux sur le sujet actuel, comme quoi à chaque époque, son messager. Elle quitta donc la commande et se rabattit sur son portable.

Je venais de m'inscrire sur la plateforme afin de pouvoir bénéficier d'une assistance de la part des autorités de mon pays. Elles avaient déboursé une grosse somme de résilience pour soutenir les économies, grandes, moins grandes et petites, pour assister les familles pour lesquelles un plan de distribution de vivres avait été déclenché, et la diaspora pourvoyeuse de biens, mais en mal de joindre les multiples bouts qui se retiraient d'ailleurs sans cesse. Ecal venait de lire quelque chose et avait ri : « Viens voir ça... », me dit-elle. Elle étouffait de rire. L'article relatait les cas des évadés suspects qui se barraient à la moindre contrainte ou au moindre soupçon de la part du personnel soignant.

> *Un autre cas d'évasion s'est produit aujourd'hui à l'hôpital de Pikine où un sexagénaire se rendit le matin pour une consultation. Le patient, arrivé discrètement à l'hôpital, on lui fit passer le test ; la température de son corps était très élevée. Le médecin qui l'examinait lui demanda de patienter, le temps de revenir. À son retour, le médecin a curieusement noté l'absence du sieur malade qui s'était fondu dans la nature. Les recherches que mènent les forces de l'ordre et de défense se poursuivent depuis sans cesse, car le vieux*

suspect porteur de la chose reste toujours introuvable.

- Le pauvre, il a brûlé la politesse. Qui est fou ?
- Hahaha ! je riais à gorge déployée. Cette chose-là va nous rendre fous.
- Je te dis. Hey mon Dieu ! Donc il a fui comme ça ? Et si jamais on ne le retrouve pas de sitôt, c'est qu'il va donner la chose à tout son entourage !
- Je pense que ce médecin ne l'a pas aidé. Pourquoi lui dire qu'il avait une température supérieure à la normale ? Il fallait juste le traîner quelque part où il ne pouvait plus avoir la possibilité de se dérober. Maintenant...

Les commentaires pour les plus drôles fusaient, comme quoi le monsieur, polygame de son état et grand joueur de dames à la place publique, savait bien ce qu'il avait et comment il avait été atteint. Qu'il avait préféré s'enfuir pour ne pas mourir de l'autre mort, celle que causaient les regards des autres et leurs blablas infinis. Parce qu'au moindre soupçon, on était rejeté par son entourage comme une vomissure, comme si l'on portait à vie la chose. Le vieux s'évada donc tout bonnement sans embêter personne quitte à faire couler tout le monde. Cette chose honteuse ! Parce que les soignants aussi, ça ne parle pas gentiment dans les hôpitaux publics – ils sont plus experts dans les structures privées qui foisonnent comme de l'herbe -, ils y sont trop pressés comme s'ils avaient d'autres rendez-vous plus importants ou plus urgents ailleurs. Parfois, ils donnent l'impression qu'ils bâclent leur boulot. Ça râle partout sur les patients mourants qu'on presse dans tous les sens ; certains s'en débarrassent tout bonnement en les envoyant ailleurs ou en leur fixant des rendez-vous très, très lointains. D'autres collent à la culotte leurs clients plus nantis qu'on convoque sans délai dans une clinique de la place où ils officient. La suite est connue de tous. Sans compter les guéguerres d'ego entre les chirurgiens et les anesthésistes.

– Mais le vieux aussi, continua Ecal.
– Mais qu'est-ce que tu veux si avec toute cette peur, on ne fait que balancer des statistiques effrayantes à longueur de journée ? Et l'hôpital qui était un lieu de recours où on venait se soigner est devenu un endroit pesteux que les gens évitent maintenant.
– C'est vrai, ça ne communique pas bien, je pense.
– Tu vas voir, ça ne fait que commencer, concluais-je. Ecal se tordait de rire. Parfois, la dent ne rit que du malheur de l'autre.

Mon titre de séjour expirait, parce que toutes les compagnies aériennes étaient mises aux arrêts ; il n'y avait donc plus de vols d'entrée et de sortie, les avions étaient plaqués au sol. J'avais alors songé à me rendre dans un autre pays d'Amérique latine avec lequel notre pays avait tissé de bons rapports de coopération ; ces pays n'exigeaient pas de visa à nos ressortissants qui s'y rendaient à cœur joie. Certains d'ailleurs en profitaient pour ensuite remonter clandestinement jusqu'aux États-Unis d'Amérique. Mon premier choix tombait sur Haïti, parce que là, j'y avais connu des amies à qui l'État du Sénégal avait octroyé des bourses d'études après les mortels tremblements de terre qui avaient décimé une partie de sa population. Haïti, c'était aussi une histoire de peuples voisins qui partageaient la même langue du colon toujours présent même si eux, dans leur parler variable, mettaient l'article à la fin du mot. Je pouvais donc y rester, à la fin de mon séjour aux USA, le temps d'y retourner, donc involontairement. Ça expulsait aussi vite, à la moindre infraction ; donc il y avait *law and order*[31]. Seulement en Haïti, à part le banditisme sans frein occasionné par une situation d'impécuniosité, car ça kidnappait là-bas même l'étranger en vadrouille, la mise en quarantaine y prévalait. Tout individu, citoyen ou non, une fois le pied posé sur le tarmac de l'aéroport, devait être conduit dans un lieu de réclusion, à ses propres frais, avait-on dit. Parce que jusque-là le pays avait été épargné de la chose redoutable, c'était donc par mesure de prudence que les autorités avaient pris les devants pour barrer la route aux fuyards et aux autres agents internationaux transmetteurs. Le pays avait trop souffert et ne s'était pas encore remis ; il ne fallait donc pas ajouter d'autres calamités au désordre qui y régnait.

Comme je ne voulais pas du tout me retrouver dans une telle situation peu confortable, je décidai de changer de plan, quitte à rester en terre américaine pour me voir expulser ou pour me voir refuser une prochaine visite, parce que j'y allais séjourner en leur terre aussi longtemps que prévu, sans mon bon vouloir. Tout cela parce qu'on avait à un certain moment dit niet aux demandeurs d'aide pour le compte de la diaspora sénégalaise en Amérique. Les multiples messages de complainte et de demande de secours étaient sans réponse. Ça sonnait aussi dans le vide, puis on te demandait de laisser un message sur le répondeur automatique. Cette situation énervait beaucoup, car comment se fait-il que l'argent puisse manquer aussi vite dans les caisses ? Nous étions au tout début de l'opération. Une véritable farce à la limite, pouvait-on croire. Pourtant Dieu savait bien

[31] Loi et ordre.

que ceux qui ne devaient pas bénéficier de cette aide avaient déjà gracieusement reçu leur argent, et on envoyait balader les vrais impactés. Parce qu'un jour, j'appris qu'un mécène de circonstance voulait diligenter ma situation. Le monsieur en question, qui avait déjà reçu sa part dès les premières heures de l'opération – il était de la catégorie de ceux-là qui ne devaient nullement en bénéficier, mais qui avaient quand même reçu leur morceau -, cherchait résolument à me contacter. Il disait pouvoir me faire parvenir mon argent, je ne savais par quel moyen, dans le plus bref délai. Cela m'avait mis dans tous mes états. Ça perpétuait un système de prédation, de vol, de copinage... Tout cela dans le pays le plus démocrate du monde. On avait compris que même là-bas, on ne voulait toujours pas démocratiser le bonheur. Je repoussai donc le deal, car mon bienfaiteur voulait en retour être payé pour ses supposés services rendus, c'est-à-dire, se partager après l'argent qui m'appartenait de droit : « Ils n'ont qu'à rester avec ça ! », je me résolus. De toutes les manières, la chose était toujours là pour tout le monde.

Un autre journal en ligne avait écrit sur certains immigrés qui très tôt apparemment, ayant eu vent de l'opération de distribution de vivres, d'argent et consorts, avaient voulu en profiter pour se retrouver dans une situation de secours. Ils s'étaient, ces simulacres de commerçants, disait-on, sciemment déversés vers un pays du Nord, dans le Maghreb, qui leur avait fermé la porte de sortie, parce que ce pays aussi avait barricadé ses frontières. Ces gens-là criaient sur tous les toits que l'État les avait délaissés dans leur pitoyable sort comme celui des autres étudiants qu'on n'avait pas voulu rapatrier de l'Asie au début de la chose, que si cet État ne faisait rien pour eux, ils allaient tout déballer sur les multiples magouilles et autres jeux politiques des gouvernants, qu'ils allaient tout démasquer, qu'ils envisageraient même de mener des campagnes là-bas et ailleurs pour bloquer tout l'argent qu'ils envoyaient au bled, qu'au finish, ils n'allaient pas écarter la piste d'une grève de la faim pour les contraindre, ces autorités.

Lorsque je m'étais énervé, vu qu'on me faisait traîner et qu'on se jouait de ma gentillesse, je décidai de me faire entendre par le biais d'une émission en ligne. Il s'agissait, le sujet du jour, de savoir si l'État, ou plutôt le Gouvernement, s'occupait de ses citoyens de la diaspora. Je suivais donc les commentaires, et le monsieur continuait de recevoir des appels de partout, de l'Europe particulièrement. On avait toutes les peines du monde à être pris tant on ne laissait pas le journaliste respirer, encore moins faire de petits commentaires. D'aucuns se plaisaient à faire passer d'interminables salutations adressées aux proches et autres amis, et le journaliste, très complaisant, on ne sait pour quelles raisons, les laissait faire. Mais il pouvait aussi couper au nez un auditeur qui occupait inutilement la ligne si sa tête ne lui plaisait pas ou s'il ne le connaissait pas. Je tentai une seconde fois, mais la ligne était toujours bourrée et saturée. J'écrivais un message de complainte, précisant que j'étais aux États-Unis d'Amérique pour vite les plier. Aussitôt je reçus un message sur la plateforme informant la disponibilité d'un numéro, apparemment le numéro privé du journaliste ; on signala quand même que « c'est pour cette fois seulement ».

Je commençai à râler, à tout vomir : je suis donc arrivé ici pour une visite de six mois au bout desquels je devais repartir au Sénégal. Malheureusement, avant la date de mon retour, la chose s'est déclarée et les frontières aériennes furent fermées ; je ne pouvais donc plus revenir. J'attendais donc la fin de cet arrêté ministériel, mon séjour étant toujours valide. Seulement, un autre arrêté arriva et prolongea la fermeture des frontières.

- *Seriñ bi*[32], est-ce que tu ne peux pas parler en wolof ? me coupa le journaliste.
- Non, s'il vous plaît. Laissez-moi m'exprimer librement. Je veux dire ce que je pense, lui répondis-je.

Cette interruption à l'allure d'injonction m'énerva encore plus. Cette farce devait s'arrêter, celle qui consistait à dire aux gens : « Mais comment tu as fait pour ne pas comprendre le wolof ? Est-ce que tu es sénégalais à vrai dire ? », ou bien : « Tu parles comme les Burkinabé ». Je pensais donc à cela quand le journaliste, d'une voix entrecoupée, parce que la ligne ne marchait pas bien, me demanda de continuer, mais que mon temps était presque fini. Pourtant, lorsqu'un autre auditeur appela, il le rassura, après de longues salutations : « Non, vous, vous êtes mon beau-frère. Vous pouvez parler aussi longtemps que vous voulez. Prenez donc votre temps. Démocratisons la parole ». Parce qu'en réalité, on a beau prêcher la démocratie, si elle n'est pas vécue par soi, ce n'est que vanité des vanités et pure démagogie. On la vit, on ne la chante pas seulement. Bref, je continuais avec mes plaintes.

J'appelai l'homme de Miyoki, mais rien. Personne ne prenait. Ça sonnait toujours et toujours jusqu'à ce qu'on vous balance sur la boîte vocale ou bien qu'on vous demande de laisser un message auquel on ne répondait jamais. J'ai essayé avec tous les numéros. J'ai pris attache avec les autorités du pays, mais là

---

[32] Mon cher.

encore, c'est plus qu'un désastre. Il y a bien sûr une foule de répondeuses, mais qui ne peuvent vous fournir la moindre information. Qui te disent à chaque fois : « Attendez un instant, je vais demander », pour revenir vous dire : « Monsieur, désolée, nous ne disposons d'aucun autre moyen pour satisfaire votre demande. Veuillez noter ce numéro… que vous allez appeler ». On vous dit quand même qu'on a fait passer votre nom auprès de l'homme de Miyoki à qui revient le pouvoir de décision. Donc de choix. Nous n'avons pas d'interlocuteurs, mon cher. Nous n'avons personne, et personne ne nous entend. Je suis donc obligé de faire recours aux services d'une agence d'immigration pour la prolongation de mon séjour, de peur de me voir expulser ou de vivre irrégulièrement ici. Je dois à cette agence des centaines de dollars, c'est leur job. Mais notre homme de Miyoki, que fait-il au juste ? Quel boulot fait-il ici ? Après on viendra pompeusement dresser un bilan élogieux de la distribution de la manne qui nourrit certains tout en ignorant bellement les autres, les vrais impactés. Nous sommes tous des Sénégalais, OK… Voilà le problème. Voilà la situation. Nous… La ligne venait d'être coupée, je quittai donc la plateforme, un peu satisfait d'avoir au moins laissé entendre ma colère.

Je me trouvais au balcon en train de regarder vaguement les passants masqués, mes pensées un peu dispersées, quand Ecal survint. Elle avait cette particularité de vouloir sonder les pensées et les cœurs, d'imaginer ce qui pouvait préoccuper notre cerveau au point de vouloir intérieurement s'isoler. Elle savait donc que les choses n'allaient pas bien en moi, surtout après mon intervention dans l'émission en live ; elle m'avait entendu ricaner.

– Es-tu sûr que tu dois partir ? Pourquoi ne devrais-tu pas rester ?
– Je le veux bien. Mais avec tout ce qui se passe, je crois qu'il est préférable que je m'en aille.
– Je vois. Mais la chose-là est aussi là-bas au pays. Les cas ne font que gonfler.
– Oui, évidemment. Mais là-bas il y a du soleil, il y fait chaud, lançai-je avec un rire malin. Ecal rit aussi. Oui, très sérieusement, je pense aux multiples cas qui se déclarent au pays.
– Tu vois donc. Au moins ici...
– Le problème ici, c'est qu'avec ces histoires de... Je n'ai pas de couverture sanitaire.
– Oui, je vois. Ces histoires d'assurance maladie. C'est ça que redoute ma maman, d'ailleurs.
– Voilà, donc si la chose arrivait à m'attraper ici, c'est que ma mort est signée d'avance, je vais crever ici. Tu vois cette catégorie de gens qui meurent ? En partie c'est dû à cela. Ça coûte la peau des fesses, et certains des moyenne et basse classes ne peuvent se le procurer. Du coup, les pauvres types qui ne font jamais de visite sanitaire de routine pour voir s'ils sont en bonne santé se retrouvent dans cette situation de mort programmée, parce qu'ils sont déjà malades avant la chose. Tu vois ça ?
– C'est exact. Il y a aussi que leurs multiples petits jobs les exposent dangereusement à la chose. Ils sont en contact direct avec les gens qu'ils ne peuvent éviter.
– Je voulais bien rester, mais..., soupirai-je sans aucune solution en vue.

De toutes les façons, j'étais obligé de rester. Nous passâmes un moment sans nous adresser la moindre parole ; Ecal tapotait sur son portable, tandis que moi, je continuais à regarder les passants qui évitaient de se croiser dans la rue. Elle fondit cette fois-ci. Distrait, je m'approchai d'elle pour scruter la vidéo qu'elle regardait et qui la faisait tant rire. En réalité, une drôle d'histoire se passait au bled avec des touristes européens. Dieu sait qu'ils ne l'avaient pas voulue ni cherchée, la situation dans laquelle ils s'étaient tous retrouvés. Il semblait que leur séjour ait expiré ; ils devaient donc être rapatriés manu militari. Mais ces bons touristes refusaient de se rendre, parce que la chose-là redoutable et tueuse avait envahi leur pays. Les gens y mouraient donc comme des bêtes : les hôpitaux ne suffisaient plus, des tentes avaient été dressées partout pour accueillir les mourants. Ça débordait partout, même les soignants se lassaient, fatigués de voir mourir des proches entre leurs mains à longueur de journée. Certains soignants mouraient aussi, parce qu'atteints par la chose ou parce que mettant simplement fin à leur souffrance psychologique. Il était même arrivé aux soignants encore énergiques et courageux de choisir entre les malades ; les moins impactés étaient renvoyés à la maison, tandis que ceux qui peinaient à respirer étaient gardés dans les centres de traitement. Comme la chose se répandait à vive allure, beaucoup de cas graves se déclaraient et se présentaient au même moment. Du coup, on ne pouvait que recourir au tirage au sort pour retenir les malades qu'on devait traiter ou sur lesquels on devait veiller parce qu'à dire vrai, il n'y avait pas de traitement. Voilà pourquoi beaucoup avaient déserté les grandes villes ou les centres-villes pour se ruer vers les campagnes. Là-bas aussi, de grands rassemblements étaient organisés par ceux qu'on nommait jusque-là « campagnards » pour barrer la route aux potentiels agents transmetteurs de la chose qui se déversaient dans leurs localités. On les appelait les fauteurs de troubles et de paix à bannir à jamais. Du coup, socialement, les choses se gâtaient entre eux.

– Ils refusent de partir, *bilahi*, dit Ecal.
– De partir où ? lança Grandma, qui venait de nous rejoindre.
– Il semble qu'il y ait des voyageurs là-bas au pays qui ne veulent pas rentrer chez eux, lui expliqua Ecal.
– Qu'est-ce qu'ils y ont fait pour refuser de rentrer ?
– Maman, regarde, lui tendit Ecal le téléphone.

Il y avait une grosse bousculade. Les touristes étaient circonscrits par les jeunes qui vociféraient de toutes leurs forces. On les sommait de quitter sans tarder. Une femme parmi les étrangers s'apitoyait, s'affalant au sol comme morte pour ne pas bouger. Une autre témoignait : « Je vous jure que je sais maintenant ce que veut dire vivre dans la peur et le manque. Nous avons épuisé nos ressources. Rien. Nous n'avons plus rien sur nous. Nous avons quitté notre hôtel. Ce sont donc les voisins qui nous logent et nous donnent à manger. Nous voulons rester ici avec vous ». À peine avait-elle dit cela qu'un manifestant siffla fort derrière lui : « Rentrez chez vous ! Nous ne voulons plus de vous ici ! ». La jeune fille qu'on appelait expatriée, reconvertie par le concours des circonstances en immigrée irrégulière, plaidait, la peur au ventre : « Nous ne voulons plus repartir pour aller mourir pour rien. Mes parents possèdent des fermes, et quand la situation se sera décantée et que la chose aura disparu, je repartirai et dirai à mes parents de prendre touuuuuuuuuus (elle tira longuement sur le « tous »), touuuuuuuus les frères amis africains qui y sont. Là-bas, ils vont travailler et gagneront décemment leur vie. Nous avons maintenant compris le message et savons désormais ce que cela veut dire vivre une situation de précarité et d'insécurité en terre étrangère ».

– *Ahee yooo ! A bada !* Voilà, c'est ça qu'on leur disait, s'exclama Grandma. Tous les hommes sont pareils. Nous sommes des humains. À quoi bon vouloir pourrir la vie d'autres bonnes gens pour rien ? Comme quoi la roue tourne pour tout le monde, et le bonheur comme le malheur se trouvent partout.
– La chose-là continue de nous surprendre, rit Ecal.
– Ne soyons pas surpris qu'ils veuillent tous rentrer en Afrique ; au temps pour moi, qu'ils se déversent en Afrique, non pas qu'ils y rentrent, pardon ! Ne rions surtout pas.

Ecal mourait de rire. Grandma demanda encore des nouvelles de Miyoki, qui était seulement à deux heures de voiture d'Upper Darby. Voilà pourquoi ça faisait trop redouter. Et la nouvelle n'était pas du tout agréable ce jour-là. On apprit que ça mourait bêtement là-bas, et les corps que les hôpitaux ne pouvaient plus contenir étaient déposés dehors, près des habitations dont les occupants se plaignaient des relents qui les envahissaient. Il y avait des émeutes à Brooklyn à cause de ces corps en état de décomposition très avancé. On prit ces mêmes corps qu'on emmena sur une île lointaine, puis on creusa un gros trou pour tout mettre dedans, les cimetières ne pouvant plus contenir les nouveaux corps. Je n'avais donc qu'une seule envie, celle de retourner. Même Grandma avait aussi l'envie de rentrer au bled ; elle continuait de dire : « Si j'étais un oiseau, j'allais simplement m'envoler pour m'en aller ».

Seulement là aussi, les premières rumeurs des vols de rapatriement ne rassuraient guère. Parce que depuis la fermeture de l'espace aérien du Sénégal, la seule option qui s'offrait aux *expats* sénégalais était de prendre un vol direct pour Dakar, puisque le tout-puissant président des Amériques envoyait de force des avions au Sénégal pour récupérer ses ressortissants, coincés par la chose et plus que surpris par la décision qui ne leur laissait aucune chance de prolonger leur séjour. Les billets étaient donc vendus, et certains citoyens sénégalais, contraints de rentrer dès que possible, achetèrent leur billet. Tout se déroula sans problème. Seulement, au moment de l'embarquement, à leur grande surprise, on vint leur signifier que les autorités du Sénégal n'autorisaient pas que l'avion rallie Dakar avec des passagers sénégalais à son bord, potentiellement des agents propagateurs de la chose. La chose se passa donc ainsi. Ces Sénégalais, laissés à leur propre sort, qui s'étaient rendus aux Amériques, certains pour un court séjour, d'autres pour des raisons diverses, laissèrent exploser leur colère, qualifiant les autorités qui s'étaient montrées indifférentes à leur sort d'indolents criminels.

Depuis ce jour des nouvelles de Miyoki, l'ambiance était si morose à la maison qu'on se demandait ce que l'on allait faire le lendemain. C'était plus qu'une routine qui tuait. On tapotait beaucoup sur les téléphones qu'on ne quittait presque plus. Le temps passait. La distraction qui nous aidait à oublier les pesanteurs des journées trop chargées en mauvaises nouvelles, c'était le journal de 20 heures au Sénégal. On se demandait à la limite à qui le présentateur adressait son message. Il était si pédant qu'on se marrait à gorge déployée lorsqu'il sonnait : « Voici les titrailles du journal », ou : « C'est là la colonne vertébrale du journal ». On aimait dire à Ecal : « Prends le type. Prends-le », et lorsqu'il s'annonçait, un brouhaha fusait : « Il y a des gens qui ne savent vraiment pas faire dans la simplicité. Pourquoi ne pas tout simplement dire : *Ce sont là les titres du journal*, ou : *Voilà les titres du journal* ? Pourquoi vouloir se compliquer la vie et la rendre dure aux autres ? », disait-on gaiement.

Ecal me tendit son téléphone encore :

- Regarde, cette garce est simplement une manipulatrice.
- Qui est-ce ?
- Je connais cette fille. Nous avons travaillé dans la même boîte, à Goodwill. Qu'est-ce qu'elle fait là, cette dévergondée ? *Hey Yalla !* On aura tout vu sous ce ciel !
- Elle est sénégalaise ?
- Non. Libérienne ou sierra-léonaise.
- Qu'est-ce qu'elle a fait ?

Je scrutai le téléphone de plus près. La jeune dame avait fait un live. Elle avait marmonné quelques mots au début, et s'était fendue en pleurs. Elle pleurait doucement. Puis plus fort. Maintenant elle pleurait vigoureusement, à chaudes larmes. Elle disait vouloir parler d'une chose très importante, mais elle ne racontait rien. Rien. Elle ne faisait que verser des larmes de crocodile. Peut-être.

- Cette fille m'a bernée pendant presque tout le temps qu'on était ensemble. Elle m'a raconté tout un tas d'histoires à dormir debout. Je ne sais même pas comment elle a pu se marier.
- Elle s'est mariée ? demandai-je.

- Elle vit avec un mec, disons. Et tu vois, elle va se mettre devant les gens pour vouloir raconter sa vie… Quelle vie ?
- La chose-là va en fin de compte nous amener loin *deh* !
- Si c'est en bien, tant mieux.
- Elle a dû changer.
- Changer, oui. Mais tu changes de direction dans la vie. On ne juge pas, mais si tu prétends changer, ne vis pas comme avant. Ça ne change rien.

La dame n'avait rien dit, je ne connaissais pas son prénom encore moins son nom ; Ecal ne les avait pas prononcés. Elle passa inutilement son temps et celui des autres à pleurer, on ne sait pour quelle raison. Quelques fois, elle semblait vouloir arrêter, comme si elle devait parler. On patientait pour l'entendre. Mais soudain, elle craquait en chaudes larmes, on dirait pour s'attirer quelque pitié ou un quelconque attendrissement. Je quittai, un peu déçu par cette nouvelle façon de prêcher, et m'installai au balcon.

Au pays, il y avait eu une dizaine de morts, et tous les jours les cas communautaires augmentaient. J'avais lu un post dans lequel l'auteur exposait son inquiétude et adressait une pique aux gouvernants et à d'autres politiciens très audacieux qui parlaient beaucoup, disant que l'heure n'était plus à la comédie et au blabla. Qu'avec les hôpitaux qui manquaient de tout, quand on allait dépasser le chiffre fatidique de cent personnes affectées, il n'y aurait plus de lits équipés de respirateur pour tout le monde et les médecins seraient dépassés. Triste réalité, car, disait-il, les gens n'allaient plus mourir de la maladie, mais du déficit dans la prise en charge. Qu'ils devaient y penser, eux, et arrêter le cirque. Parce qu'à dire vrai, ça ressemblait à un cirque, tant certains mécènes, toujours patriotes masqués en temps de crise, se donnaient pompeusement en spectacle sous le soleil pour offrir des dons tantôt en vivres, tantôt en billets de banque. C'était donc la course à la générosité, à celui qui pouvait le plus. Celui qui donnait le plus en fanfare et sous les caméras était le digne fils, le vrai patriote. Voilà ce que la chose nous avait apporté. Un mal dans le mal. Et la jalousie, la médisance, menaçaient les liens d'amitié, car lorsqu'une main donnait, l'autre savait tout, entendant le bruit.

Cette chose-là aura marqué l'histoire de l'humanité tout court. Du moins de ce siècle courant. Partie d'une simple agglomération qu'on croyait perdue, elle finit, en un tour de main, par embraser toute l'humanité, toute la vie de l'homme, à la posture militaire et vaniteuse, qu'elle réduit à sa condition première, celle de dépendance de la nature dont il supplie les grâces. Lui, l'homme, rassemble toutes les ressources qu'il lui reste pour inévitablement résister à la réalité fatale qui l'attend comme un amant. La mort.

Pourtant, le bon esprit aurait cru qu'en ces moments-ci, l'on se serait soumis à la règle basique de condescendance, se mettant ainsi à l'abri, à la hauteur des passions qui livrent le vrai homme, dépouillé de son masque que la société aurait vainement verni sur sa carapace. Mais que nenni ! Ça revient toujours au galop, et toujours. On se livre bel et bien sous le plein soleil. L'entreprise (peut-être) est louable, mais l'intention est plus que dommageable, agressive. Bonne conscience. Tintamarre. Faux patriotisme ou solidarité entamée. Ananias et Saphira, redites-moi l'histoire !

Et les peuples se lamentent. Mais les bons apôtres, vaillants bâtisseurs de paix et de muraille, redresseurs de torts à l'occasion qui pensent et font espérer que leurs paroles doivent quand même s'accomplir, semblent se replier dans un bruyant confinement incompréhensible. Pourtant, on criait en fanfare sur tous les toits de la « maison d'Israël » qui porte ses idoles dans son cœur. C'est comme si on ne voit plus rien, au terme d'un combat accablant. C'est comme si les oracles sont menteurs. Résignés à ne livrer que quelques passages et paroles de consolation d'une promesse encore très, très lointaine. Psaumes et consorts. Le peuple, lui, fait son deuil programmé. En attendant cette mort qui a déjà envahi son vécu, son quotidien, il se soumet aux fragments de textes sacrés qu'il distille à longueur de journée. Peuple, choisis aujourd'hui qui tu veux servir !

Et puis, demain ? Le monde ne sera plus jamais comme aujourd'hui. Demain, ce ne sera pas l'aube ni le beau temps. L'histoire, nous dit-on, est un miroir, et les événements courants qui semblent tracer une trajectoire bien connue sont plus que révélateurs de notre nature qui jette notre truie lavée à se vautrer dans le bourbier. Et l'homme est bien parti pour reprendre « du poil de la bête ». La chose-là aurait pu nous enseigner notre fragilité. Elle aurait pu nous montrer tant de fois notre dépendance ; combien nous sommes limités. Nous enseigner à être humbles. À apprécier la vie, sa vraie valeur, loin de la frénésie populaire qui isole la mort incontournable et l'humain au rang de la seconde priorité. À repenser et renégocier notre lien avec soi qui se construit dans le rapport avec l'autre « porteur d'humanité » et d'humanisme. Et les prédicants rétractés, très méditatifs et improductifs en ces moments où ils sont plus que sollicités, rebondiront de plus belle pour reprendre les manœuvres.

L'ambiance était si morose à JFK[33] qu'on pouvait se demander si un jour tout allait revenir à la normale. Un titan d'aéroport où ça grouille de monde en temps normal. Des haut-parleurs tympanisant partout du plafond où ils sont artistiquement installés. Les agents de sécurité et autres fouilleurs de valises et sacs à main, aux biceps saillants, sillonnent les lieux. Les passagers vont tandis que d'autres reviennent de voyage. C'est dans cet environnement étranger qu'avait atterri Grandma lorsqu'elle venait toute fraîche du Sénégal. Elle nous raconta son dur temps passé entre les policiers qui l'avaient conduite ici et là comme si elle dérangeait vraiment, malgré son âge. Lorsqu'elle passa au poste de contrôle, on l'écarta avec d'autres passagers aux regards un peu absents et mélancoliques ; ça ressemblait à des gens qui fuyaient leur pays pour y avoir semé du désordre. Du coup, pour échapper à la geôle qui leur avait été destinée dès la fondation de leur nation, ils s'arrangèrent avec certaines ONG qui leur facilitèrent la tâche de battre en retraite. Là-bas, en terre d'accueil qui devenait la leur, ils devenaient plus durs contre presque tous les régimes en place, incitant les pauvres citoyens à descendre dans les rues, à insulter, à se bagarrer, à braver les forces de l'ordre qui finissaient par tirer… tandis qu'eux, logés gracieusement par le pays hôte, pourtant partenaire de son pays d'origine, continuaient dans les invectives. C'est à penser que certains activistes de circonstance avaient trouvé cette

[33] (L'aéroport) John Fitzgerald Kennedy.

voie pour aller vivre royalement ailleurs. On les appellera les vrais patriotes.

Grandma ne savait donc pas prononcer un seul mot anglais, parce que ça ne l'intéressait en aucune manière, elle fut traînée dans une petite pièce. Puis dans une autre. Ainsi de suite. On lui fit signe de donner la permission d'ouvrir son sac, ce qu'elle accepta de toute façon. Puis, comme ils n'avaient rien vu de suspect, on lui demanda de tendre ses mains. Elle les leur donna. L'agent sourit, parce que Grandma lui fit comprendre par le langage des signes que la rugosité de ses mains était plutôt due aux travaux de rizières qu'elle avait effectués au village. L'agent continua et scruta soigneusement ses ongles. Grandma regardait tout cela sans rien dire. Qu'est-ce qu'elle pouvait dire, si ce n'est leur balancer un regard de feu, parce que ça commençait à l'agacer ? Au début, elle souriait, comme cela se faisait souvent, mais perturbée par les agissements des hommes en uniforme, elle finit par faire la moue.

Finalement, on alluma un écran. L'agent regardait tantôt son passeport, tantôt la machine où il écrivait quelque chose. La photo d'Ecal apparut en gros plan. L'agent pointa du doigt la photo. Grandma acquiesça de la tête puis d'un mouvement de sa main sur sa poitrine qu'elle toucha un peu légèrement pour leur signifier que c'était bien sa fille. On toucha quelque chose qui ressemblait à des pièces d'argent sur sa taille. Elle détacha le pan de son pagne et sortit quelques pièces de monnaie qu'elle avait apportées du Sénégal. Lorsqu'elle retrouva Ecal dehors avec les filles, elle se désola, très mal en point.

J'étais arrivé à JFK de manière imprévue, disons-nous, parce que mon voyage n'était pas du tout prévu vu que j'avais eu des empoignades la veille avec l'homme de Miyoki. Car après de multiples tentatives sans succès, et plusieurs appels et messages sans retour, j'avais écrit :

Bonjour,

Je reviens de nouveau vers vous concernant le voyage de demain. Car je veux bien comprendre pourquoi moi, étant détenteur d'un billet retour de la même compagnie aérienne qui effectue maintenant des vols spéciaux de rapatriement vers Dakar, donc a priori prioritaire, je reste encore ici, sans soutien financier, parce que vous dites que l'argent est fini, au moment où mon séjour a expiré ?

Je suis désolé, mais c'est vous dire que cette situation ne m'enchante guère. J'ai tout fait, tout essayé, tout tenté pour vous joindre.

J'ai aussi tenté d'appeler Dakar sur le numéro que vous m'avez donné, mais rien, tout en sachant que c'est à vous que revenaient la décision et le dernier mot. Et attendre le même jour, à quelques heures du vol pour Dakar, sans m'y attendre, après vous avoir écrit moult fois sans réponse, pour me demander de faire vite mes affaires, d'aller à l'aéroport, au moment où je me retrouve sans aucun rond, ce n'est pas du tout plaisant ni commode. Je n'aurais pas agi ainsi à votre égard. Ce n'est pas le genre de chose que l'on fait à son prochain, à son compatriote pour qui on est là pour travailler.

Je reste donc à votre écoute.

L'homme de Miyoki m'avait clairement dit qu'il n'y avait plus de places, ces places qui se vendaient très cher, disait-on. Parce qu'une autre dame qui se retrouvait dans la même situation confia qu'elle en était à sa énième tentative pour trouver une place dans l'avion. À chaque fois, elle se faisait renvoyer, vu qu'elle ne voulait pas du tout filer doux pour être dépossédée de la gigantesque somme qu'on lui demandait. En vérité, en vérité, il avait été annoncé que ces vols de rapatriement étaient gratuits, puisque c'était à la charge de l'État de notre pays. Cependant, on faisait payer aux passagers parfois des sommes qui excédaient le prix du ticket normal. Et la dame qui trouvait cela anormal, du genre arnaque, refusa de se plier. Il y avait un moment où on lui demanda combien elle pouvait payer ; une mauvaise attitude. Elle ne s'avoua donc pas vaincue, malheureusement pour elle.

J'avais donc d'abord crié sur l'homme de Miyoki qui m'avait mis dans cette situation ; j'étais dans mes pleins droits. On ne pouvait pas refuser l'argent de cette aide qu'on disait déjà indisponible, et me laisser traîner en terre étrangère comme un vulgaire vaurien. C'était donc l'un ou l'autre, à défaut des deux, bien sûr. Et je ne devais rien payer. Rien. Nada. Je me réveillais donc ce matin prêt à me rendre à l'aéroport à tout moment. Je ne savais pas ce que j'envisageais de faire dans la journée, mais je voulais juste tenter pour voir. J'appelai donc :

- Bonjour, Monsieur.
- Oui, bonjour.
- Je voulais savoir si c'est toujours possible pour moi de voyager aujourd'hui.
- Laissez-moi vérifier tout cela, parce que la liste était déjà partie... Vous n'y figurez pas ; vous étiez programmé pour le dernier voyage que vous avez raté...

Je ne voulais pas encore raviver la vieille querelle dans laquelle il voulait m'entraîner. Je restai donc silencieux au bout du fil, attendant son retour.

- Voilà. Monsieur... il y a quelqu'un qui s'est désisté, donc vous pouvez prendre cette place pour voyager.
- D'accord. Qu'est-ce que je dois faire alors ?
- Est-ce que vous voulez que je vous paie le billet de l'avion Philadelphie-New York ?
- Non, merci. Je peux prendre une voiture. Je vous dispense de cela.
- Bien, merci. Soyez sûr d'être là à l'heure, deux heures avant l'embarquement. Le vol est prévu pour 20 heures.
- D'accord. Une fois à l'aéroport, qu'est-ce que je dois faire ?
- Vous partez au terminal 4 ; je serai moi-même là. Je vous mets sur la liste des passagers.
- D'accord. Merci !
- Merci et à bientôt, Monsieur !

J'allais annoncer la nouvelle de mon voyage retour à Ecal lorsque je reçus un appel de Dakar. La compagnie avec laquelle j'avais voyagé et dont les avions faisaient la rotation USA-Sénégal m'appelait. Pourtant, quelques jours et heures avant, je n'avais aucune possibilité de les joindre ; ça refusait même de prendre mes appels. Ça bouffait mon crédit pour rien. On me demanda de donner mon numéro de confirmation du vol retour qui avait été annulé à cause de la vilaine chose qui avait entraîné tout le monde dans le chaos. Je demandai si j'allais utiliser ce crédit que m'avait offert la compagnie et dont la durée de validité était de deux ans : non, m'avait-on certifié, c'était simplement pour une vérification de routine, l'État se chargeait de tout cela. Bien noté.

– Avez-vous eu Dakar ? s'enquit l'homme de Miyoki.
– Oui, Dakar m'a appelé.
– Est-ce qu'ils vous ont envoyé le billet ?
– Non, pas encore. Je dois vérifier. Je leur ai donné mon adresse e-mail.
– D'accord. Revenez vers moi pour toute autre information dont vous aurez besoin.
– D'accord et merci.
– Bye.

Je quittai donc la maison après avoir rangé pêle-mêle mes affaires dans une valise trop pleine. Les enfants dormaient encore, je crois, car je n'avais plus la notion du temps tant j'étais sous pression. L'heure filait. Je devais normalement faire d'autres courses, certains amis promettaient de me rencontrer avant mon départ. Pour d'autres, je devais juste les appeler pour les aviser, car le temps m'avait vachement manqué. Pour le prédicateur de West Philly, je planifiais d'attendre mon arrivée pour lui envoyer un message. Grandma aussi faisait le plein de son sac, des habits que j'allais remettre à ses enfants au Sénégal ; tout cela me pressait de toutes parts au point que dans la confusion, Nene se réveilla. Antoinette se mouvait mollement sous la couverture qu'elle avait en partie empoignée. Je continuais à fourrer les habits, ceux que je pouvais, dans le sac. J'avais presque terminé lorsque je reçus le coup de fil du chauffeur qui arrivait un peu trop tôt. Ecal faisait la ronde sans but autour de moi. Finalement, Antoinette quitta le lit.

– *Grandpa, what is this* ?[34]
– Je range mes affaires, Toinette !
– Tu vas où ?

---

[34] « Qu'est-ce que c'est, Grand-père ? »

– Pourquoi tu ne me salues pas d'abord ?

Elle sourit nonchalamment, bâillant et frottant ses yeux par le dos de ses mains.

– *Issaama, Grandpa.*
– *Biaye. Issaama.*
– Humm...
– Voilà, disais-je content d'avoir accompli ce que je pouvais, d'avoir inculqué quelques notions de leur langue, celle de leurs parents, même si je savais que tout cela avait une forte chance de s'évaporer.
– Maintenant, dis-moi, tu vas où ? Ne me dis pas que c'est au ciel.
– Non, pas du tout. Je retourne au pays.
– En Afrique ?
– Oui. Au Sénégal.
– Oh. OK !

Je lui lançai furtivement des regards pour explorer sa peine ou plutôt, sa déception. Silencieuse, elle descendit du lit et se dirigea vers les toilettes d'où elle revint nous rejoindre au salon. Nene me dévorait du regard, sans cette fois-ci dire aucun mot. Grandma et Ecal parlaient, mais je ne pouvais comprendre ce qu'elles disaient. Je devais descendre avec les bagages. Nous avions juste eu quelque temps de prière pour mon voyage et pour la journée, puis nous quittâmes la chambre dont la porte se referma derrière nous avec fracas. Le temps de prendre une photo d'adieu, le chauffeur m'ouvrit la portière de la voiture pour que je m'y glisse.

De l'intérieur, par les vitres teintées, j'aperçus les visages ridés et sombres de Nene et Antoinette, tandis qu'Ecal essayait tant bien que mal de sourire : « Que le coq blanc te devance ! », me souhaita Grandma, sans oublier de me rappeler les affaires qu'elle venait de me remettre. Je n'avais eu que peu de temps pour embrasser Nene et Antoinette afin de ne pas laisser couler mes larmes. Leur absence que je ressentais déjà me peinait. L'image de leur journée me traversait l'esprit : autour de la table à l'heure du petit-déjeuner, faisant des allers-retours entre la table à manger et les fauteuils avec des portions de nourriture dans leurs mains, zappant au même moment les chaînes sur YouTube pour les dessins animés qu'elles croquaient à volonté. Il leur arrivait de se chamailler, parce que les deux, à cause de leur différence d'âge, n'avaient pas les mêmes goûts et les mêmes préférences. Pourtant, Nene faisait tout son possible pour convaincre sa petite sœur. Lorsque ça l'ennuyait, Antoinette se lassait et râlait ; elle réclamait la commande sous des pleurs qui ameutaient les gens. Je les voyais se ruer sur leurs jouets qu'elles étalaient pêle-mêle dans le salon, parfois même dans la chambre, mais qu'elles abandonnaient aussi vite pour courir vers le réfrigérateur où Nene se gavait de tout ce qu'elle y trouvait. Je la voyais se courber pour ses *homeworks* qu'elle faisait très bien d'ailleurs ; je disais à Ecal qu'elle serait une future mathématicienne tant elle aimait cette matière. Lorsqu'elle terminait son travail, elle se ruait vers Antoinette à qui elle sommait de faire le devoir qu'elle lui donnait. Mais Antoinette rechignait et grimaçait. Et les contes sur la faune africaine, et les chansons qu'on exécutait avant les histoires bibliques que je leur racontais tous les soirs. Je revoyais les contours de la maison, de la chambre, au fur et à mesure que la voiture roulait. S'étant retournées à la maison où elles avaient ouvert la porte, elles allaient se ruer, peut-être, sur le siège que j'occupais tous les jours. Grandma allait sûrement s'exclamer : « *Eeeh ! Eyñañiii !* » pour constater le vide que je laissais déjà : « *Oh, Grandpa ! I miss you !* »[35], allaient soupirer Nene et Antoinette, et Grandma allait les rassurer que : « Grandpa va revenir ! ». Je revisitais le balcon où Grandma me rejoignait souvent, me disant : « Eh ! Regarde ceux-là qui se promènent à l'air libre, sans masque », ou quand elle me parlait encore d'une autre personne, trop grande, qu'elle avait rencontrée lors de sa promenade quotidienne. Au balcon où je restais seul, un lieu d'isolement en quelque sorte, méditant sur la vie, son sens et sa finitude, priant Dieu de garder loin de nous cette chose-là, au balcon où je respirais. Au balcon, où on voyait les gens se défouler, démasqués. Où Grandma avait envie de leur dire : « Portez vos masques ! ». Mes larmes coulèrent mollement sur mes joues ; elles s'écrasèrent sur moi. Je me perdais ainsi vaguement dans mes souvenirs encore jeunes avant de me rendre compte que la voiture venait de se garer devant une maison où une autre passagère nous attendait.

Un couple dont la femme tenait un bébé sortit de l'appartement. Il y avait un tas de bagages qu'ils sortaient ; ils les mirent ensuite dans le coffre de la voiture qui ne remplissait pas. Une jeune dame sortit finalement, en sanglots. Elle prit son bébé, embrassa l'autre dame et l'homme. Ce dernier, pour la consoler, lui demanda : « *Hey boul def lolu way* »[36], tout en lui promettant, dans un wolof mélangé de l'anglais : « *Dina la call after* »[37]. La porte se referma aussi vite derrière eux, comme s'ils se hâtaient de se débarrasser de quelque chose de très encombra[38]nt. Car le

---

[35] « Que tu nous manques, Grand-père ! »

[36] « Ne fais pas ça s'il te plaît ! »

[37] « Je vais t'appeler après. »

monsieur me dit furtivement : « Ah, prends soin de ta sœur. Elle va aussi à Dakar », parce que je lui avais dit en wolof que je voyageais également au Sénégal.

Aussitôt qu'elle fut calmée, j'engageai une conversation avec elle. Avec beaucoup de prudence, parce qu'on ne fourre pas le nez dans la vie des gens ici, je lui demandai son nom et son origine au Sénégal. Elle me parla vaguement de Guédiawaye. C'était aussi vaste que l'océan Atlantique, Dieu le savait, mais je compris que cette porte se fermait derrière moi, puisqu'elle ne m'avait pas en retour posé la même question comme cela se devait. La voiture roulait vite maintenant. Nous entrâmes dans le New Jersey. L'autre passager que nous avions pris, d'origine asiatique, dormait loin derrière. Pendant tout ce temps, j'imaginais la vie au Sénégal avec cette chose-là. Le ciel était couvert de gros nuages qui disparaissaient subitement sous le coup balayeur du soleil. Les éclairs déchirèrent le ciel très loin ; on pouvait donc penser que le tonnerre grondait bellement.

Au Sénégal, Ecal, qui consultait à chaque moment les nouvelles qu'elle partageait avec nous avec ferveur, il était dit qu'en plus de la fermeture des frontières aériennes et terrestres, les autorités avaient décrété un couvre-feu de la tombée de la nuit au lever du soleil pour éviter toute propagation rapide de la chose. On avait même interdit les déplacements interurbains, et les vendeurs à la sauvette qui ne dormaient presque pas et autres gens du secteur informel très florissant et populaire ruminaient leur colère noire. Car là-bas, même avec les vivres qu'on distribuait gracieusement, on ne savait pour quelle raison, parce que tout le monde n'en bénéficiait pas, la vie était vécue au jour le jour. Confiner les gens chez eux créerait beaucoup de dommages. D'ailleurs, on se demandait la logique de cette démarche quand on sait que ça échangeait des passagers aux frontières ; ceux du Sénégal, une fois à la frontière du pays voisin, prenaient les véhicules du pays qu'ils traversaient sans peur ; ceux des pays limitrophes se prêtaient au même jeu. À dire vrai, la grande partie des contacts et des échanges interpersonnels se déroulait en plein jour. Du coup, des raccourcis avaient été créés pour contourner les multiples mesures barrières et les forces de l'ordre qui infligeaient des sévices aux insoumis. Dans certains quartiers de la ville de Dakar, pendant les heures du black-out, des jeunes s'organisaient en bandes pour titiller les forces de l'ordre, torse nu. Ça raillait et criait, parfois périlleusement.

Mais une nuit, comme ça continuait à satiriser, certains agents s'étant déguisés en civils avaient bouclé l'issue par laquelle se repliaient les fauteurs de troubles récidivistes lorsqu'ils étaient attaqués. Malheureusement pour eux, beaucoup se firent appréhender à leur grande surprise. Ils furent conduits au commissariat d'à côté où ils pompèrent, roulèrent, et connurent toutes sortes de corvées la nuit durant. Il y en avait d'autres, pris au dépourvu et très paniqués, qui ne purent même pas reconnaître les portes de leur maison qu'ils dépassèrent en filant en trombe. Ça pointait et cognait la maison d'autrui déjà cadenassée. Ça faisait bien marrer, mais les droit-de-l'hommistes avaient trouvé une occasion, comme à l'accoutumée, de crier gare et de s'attaquer au régime en place, tout cela au nom de la liberté de circulation et d'expression. C'était même pendant ce temps d'incertitude que l'un des enfants de Grandma se proposa de filer à Banjul qu'on croyait non atteinte jusque-là. Mais c'était sans compter que la chose elle-même voyageait maintenant et partout, aidée en cela par certains touristes au rebut qui y trouvaient refuge. Grandma voulut le dissuader, mais l'enfant qui avait grandi fit comprendre que cette chose-là n'était qu'un simple bruit, que de toutes les façons, on finirait par mourir de quelque chose. Quelques semaines après, il voulut retourner à Dakar pour ses cours qui avaient virtuellement redémarré. Mais hélas ! La parole d'un aîné, elle peut durer longtemps dans la forêt, mais elle n'y passe jamais la nuit ; elle finit toujours par revenir à la maison.

Le temps d'une pause « pipi » et « café ». Je n'avais presque pas échangé de mots avec la dame, sauf quand je lui disais mon nom, mais elle parla beaucoup avec le conducteur du véhicule. Nous descendîmes là, moi plutôt pour me dégourdir les jambes et me délasser. L'autre passager fila vite dans le bâtiment ; il revint aussitôt. Nous avions juste une dizaine de minutes. Le ciel menaçait toujours ; je perçus au loin le bruit du tonnerre qui fendait l'atmosphère. La dame ressortit après avoir mis beaucoup de temps à chercher on ne savait quoi. Puis, elle parlota avec le conducteur devant l'entrée du bâtiment ; ça attendait impatiemment. Le chauffeur pointa une direction vers laquelle elle se précipita. Elle ne sortit qu'après que le conducteur lui-même alla la cueillir. Elle revint avec deux bouts de sandwich. Elle m'en donna un que j'empoignai avec joie, parce que je n'avais pas eu le temps de prendre le déjeuner avant le départ de chez Ecal. L'enfant qui dormait dans la poussette s'était réveillé pendant son absence et avait mouillé ses joues de larmes. L'autre passager l'avait escaladé pour aller s'asseoir sur son siège, sans lui prêter la moindre attention. Je ne savais en réalité si l'enfant était une fille ou un garçon ; ses pleurs ne m'avaient pas aidé à l'identifier.

- Son papa, il est où ? lui demandai-je, tandis que je broyais goulûment les morceaux de sandwich.
- Il est là… il va bien.

Elle me demanda de lui tenir l'enfant un instant, parce qu'elle voulait chercher quelque chose qui ressemblait à de l'argent qu'elle devait remettre au chauffeur. En vérité, l'enfant avait la corpulence de celui de la Nigériane exigeante qui avait rendu la vie compliquée à Grandma ; on dirait que sa masse augmentait chaque seconde. Je ne pouvais pas deviner son âge, à dire vrai : « Les enfants d'ici, c'est vraiment bizarre… Une telle masse à un si jeune âge ! », murmurai-je, stupéfait.

- Merci ! me dit-elle, reprenant dans ses bras son enfant. Alors depuis quand tu es à Philly ? continua-t-elle.
- Il y a de cela presque neuf mois. Quelque chose comme ça.
- Tu étais au Sénégal donc ?
- Oui exactement. Je devais repartir au pays depuis le mois d'avril passé, mais la chose-là m'a obligé à y rester encore.
- Oh, *sorry* ! compatit-elle. Et pourquoi tu dois rentrer ? Tu fais quoi au Sénégal ?
- Presque rien pour le moment. On colmate par-ci par-là. Ce n'est pas évident là-bas. J'étais donc venu chercher d'autres possibilités pour me relancer…
- Moi aussi, j'envisage de terminer ma thèse. Et tu as pu trouver quelque chose ici, j'espère ?
- Non, pas vraiment. J'ai eu des contacts avec une université qui pourvoyait un poste d'enseignant

en français, mais la chose est arrivée et tout est parti en l'air. Je retourne alors pour ne pas mendier en terre étrangère.

– Ce n'est pas toi qui habites chez Ecal ?
– Oui, exactement.
– Ah ! je vois. Ecal m'a parlé de toi une fois.

Je me rappelle bien. C'est une bonne amie, elle est belle aussi.

– Oui, c'est une cousine, disons.
– Mais pourquoi tu dois rentrer ?
– Ah ! Parce que je ne trouve rien ici. Voilà !
– Comment tu ne trouves rien ici ? Regarde. Tu sais ici, il faut souvent être patient. Moi quand je venais d'arriver, ce n'était pas du tout rose. J'en ai vu de toutes les couleurs ; parfois tu as l'impression que les gens veulent te voir souffrir d'abord...
– C'était mon plan, mes projets quand je venais ici, mais après des mois, comme rien n'augurait une suite favorable, je dois donc retourner. Peut-être prochainement.
– Pourtant, j'avais indiqué à Ecal de te chercher une tax ID. Avec ça, tu pouvais bien travailler même sans papiers... Parce que dans ce pays-là, dès que tu paies les taxes, on te laisse en paix, tu vois ? Ils aiment ça.
– Où est-ce qu'on trouve cette tax ID ?
– Mais Ecal connaît. Je lui en avais parlé. Je devais même venir chez elle.

« Pourquoi donc Ecal ne m'avait pas indiqué ce lieu où l'on trouvait cette tax ID pouvant me permettre d'avoir un job, n'importe lequel, le temps de me retrouver ? » Je pensais à cela, mais me promis quand même de lui envoyer un message lui disant que je venais de rencontrer une de ses amies qui se nommait Layla. Le réseau ne passait pas. Je pourrais attendre tout cela une fois à l'aéroport.

- Vous faites quelle formation ?
- Oh... ! Les sciences de la vie et de la Terre. J'étais en année de thèse à Dakar lorsque je suis venue pour une conférence à Atlanta. C'est là que j'ai rencontré mon mari. À l'époque, il y a de cela quelques années, je lui avais demandé de me laisser achever mes études pour s'engager dans un projet de mariage. Mais hélas ! tout est allé trop vite... hahaha.

Elle sourit puis rit joyeusement, comme si elle voulait fouiller dans ses souvenirs pour me relater sa vie de couple.

- Je me suis donc mariée, et je suis restée depuis lors en Amérique. J'ai dû interrompre mes études pour le moment. Je pense...
- Oui, je pense que vous devez continuer vos études, vu qu'il y a beaucoup de possibilités ici.
- Oui tout à fait. Parce que l'argent-là, ça ne suffit jamais *deh*... Hahaha ! rit-elle de nouveau. Sauf que là il faut des sacrifices. Les enfants sont là, la famille également au pays !
- Il est ici n'est-ce pas, votre mari ?
- Oui, mais je ramène cet enfant au pays. Il va rester avec ma maman, afin de revenir pour me concentrer et m'occuper d'autres projets.

Je n'avais pas compris cette logique de Layla de vouloir expédier son jeune garçon de juste six mois seulement au bled, pendant qu'elle et son mari vivaient doucement aux États-Unis. Et puis même ce bazar de lait et de la nourriture qu'elle avait apporté, ce serait pour combien de temps ?

Nous arrivions à JFK, au terminal 4. Le domaine était vaste et presque vide tant les passagers avaient déserté les lieux. Les rares voyageurs épars qui déambulaient ou qui attendaient le prochain vol bavardaient en sourdine dans les espaces très larges. Seules quelques boutiques avaient ouvert ; les étals des grandes marques avaient consigné. Il n'y avait aussi que quelques restaurants qui servaient sans grand engouement. Les bouteilles de gel hydro-alcoolique étaient posées à chaque entrée. Je m'assis près d'un groupe de passagers, fatigué d'avoir sillonné le long hall d'embarquement sans voir le moindre poste de change ou guichet automatique en service. Au seul lieu où je m'étais rendu pour des renseignements, un monsieur semblait tuer son temps sur son téléphone portable qu'il ne quittait pas : « *I am sorry… I… hummm…* », finit-il par dire dans sa tentative avortée de m'indiquer un endroit où je pouvais retirer l'argent qu'Ecal voulait m'envoyer. Je l'appelais donc pour l'aviser.

– Ah d'accord. Je vais donc retenir l'argent pour te l'envoyer au Sénégal.
– Parfait, ça marche. Dis-moi…

Le réseau s'était détérioré. Je fis quelques pas pour avoir une bonne connexion internet, parce que celle fournie gratuitement à l'aéroport était faible et lente.

– J'ai voyagé avec une dame que tu dois connaître.
– Elle s'appelle comment ?
– Humm… ! Lay… Layla, je crois.
– Laaaaylaaa ! Pas vraiment. Elle est comment ?
– Elle porte un enfant de six mois, je crois. Elle dit que tu lui as une fois parlé de moi.
– Ah. D'accord. Layla. Oui, c'est une amie. Elle habite presque à côté.

Sur ce, je commençai à penser. Pourquoi Ecal, qui connaissait cette tax ID, ne m'avait pas présenté cette Layla, notre voisine ? Au moins devait-elle me parler de cette ID du moment que nous avions remué ciel et terre sans succès, pour qu'enfin je puisse trouver le moindre job.

- Elle m'a parlé de tax ID... tu connais ça ?
- Tax ID ? murmura-t-elle sur le téléphone comme si elle cherchait de l'aide. Non, je n'en sais rien. Elle a dit quoi ?
- Elle dit que lorsqu'elle est arrivée ici, elle a vu beaucoup de gens l'utiliser, parce qu'avec ça, on ne t'embête pas. Apparemment, elle part au pays pour ramener son bébé qui doit y rester avec sa maman ; elle reviendra sous peu rejoindre son mari ici.
- Hey Allah ! s'exclama Ecal ; elle aurait dû mettre sa main dans la bouche comme elle aimait le faire à chaque fois. Tu sais cette femme a son mari au pays. Elle vient chaque fois ici, puis elle repart au bout de six mois. Elle raconte sa vie si...
- Ah, elle m'a dit qu'elle vit avec son mari ici.
- Ce n'est pas vrai. Pourquoi les gens aiment-ils raconter des histoires ainsi *? Ceey Yalla !*[39]
- Bizarrement, lorsqu'elle quittait la maison, elle sanglotait comme si elle regrettait son départ pour le pays. Et un homme et une femme étaient restés dans la maison. Je me demandai si c'était aussi son mari.

Après un long échange, Ecal me souhaita un bon retour au Sénégal. La file indienne se dressait dans la passerelle d'embarquement. Déjà, certains passagers qui ne respectaient rien ou qui voulaient tout négocier

---

[39] « Mon Dieu ! »

avaient marchandé avec les agents de la compagnie, parce qu'ils voulaient à tout prix faire passer l'excédent de leur bazar de bagages très encombrants sans verser ou laisser aucune picaille.

Layla me rassura, alors que je ruminais toujours ma colère, que l'homme de Miyoki était un homme d'une rare gentillesse, et très disponible. Que c'était lui-même, l'homme de Miyoki, qui lui trouva des arrangements pour son voyage.

– Mais pourquoi alors ne répondait-il pas à mes messages ni ne prenait mes appels ?
– Il était sûrement trop pris, surtout en ces temps… tu vois ?
– Pourtant, il traite bien avec d'autres. On peut le comprendre pour une fois. Mais presque chaque jour, et puis aujourd'hui, je recevais partout des appels… Tous, nous sommes égaux, cette démarche à… est à bannir. Pardon, j'ai oublié que vous êtes femme !
– Hahaha… tu vois, hein ! ria-t-elle jovialement. Tu sais ce pays-là, il faut savoir traiter avec les gens. C'est le *fifty-fifty, win-win*[40]. Et ça sourit à tout le monde. Nul ne fait rien pour rien.
– Je peux comprendre pour certains cas dans le business. Mais, regarde par exemple pour cet ami qui non seulement ne méritait pas de recevoir cette aide, mais voulait par les mêmes moyens tordus me rendre service pour après bouffer ma part.
– Ah oui, mon cher, tout est business ici. Tu dois comprendre cela.

[40] Gagnant-gagnant.

∴

Dakar grouille de monde. Le vent est chaud et humide. Déjà à la descente de l'aéroport, les passagers qui vécurent des décennies au bled avant d'avoir la chance de s'envoler pour d'autres cieux s'étaient crânement plaints de la chaleur qu'ils pensaient ne plus supporter. Nous arrivions donc à l'aéroport presque aussi désert que celui de JFK. Sauf qu'ici, le système de climatisation ne fonctionnait plus, histoire de ne pas inutilement brûler l'électricité en vue de faire quelques économies, parce que ça sentait la poisse partout. L'appareil avait vidé son contenu et les passagers, comme toujours, couraient vers le poste de contrôle de sécurité pour aller récupérer leurs bagages et rejoindre leur destination à Dakar et ailleurs à l'intérieur du pays. Dehors, les taximen inassouvis et très malins s'activent à vous proposer des tarifs fantaisistes, aidés dans cette besogne par les rabatteurs aussi discourtois qu'espiègles. Lorsqu'on montre des signes d'énervement parce que sentant l'odeur de leur tromperie et autres machins pas trop catholiques, ça freine leurs élans et autres plans. Ça marchande donc. Puis, lorsqu'on boude leurs services, ils te disent, pour tenter de te convaincre, que « le gasoil et consorts sont devenus très chers », qu'« à l'autoroute à péage, ça vole les citoyens, parce que *dafa cher torop*[41] », ou bien lorsque tu ne cèdes pas, on te dit alors « monte ! », et une fois loin de là, on te demande le prix de cette autoroute que toi-même tu dois payer. Lorsque tu veux te plaindre de cette manigance, on te répondra que non, le montant proposé par le rabatteur laissé à l'aéroport n'inclut pas

[41] « C'est trop cher »

les multiples tickets du péage. Tu souffles fort, désespéré de cette vie qui ne change pas, qui profite à tous et à tout prix, qui vole celui qu'on croit descendre de là-bas avec des liasses d'argent comme si ça se récolte là-bas sans peine. Parce qu'on pense toujours ainsi, plumer ces venants qui font trop les malins, qui ne respectent personne, qui veulent à tout prix être satisfaits comme s'ils oublient aussi que ces mêmes venants savent tout et tout de ces malheureuses manières de soutirer de l'argent aux bonnes gens qui ont elles aussi leur vie là-bas : « Vous devez nous comprendre. Nous sommes des pères de famille. Nous n'avons que ça pour survivre. Depuis le matin je suis là sans client ». Voilà que tout est dit, ce qu'on devait dire depuis le début, mais la fin c'était ça, la survie des familles qui en dépendaient.

La file indienne s'allongeait au fur et à mesure que les passagers arrivaient. Un cordon de sécurité avait été aménagé pour barrer la voie aux insoumis qui ne voulaient respecter personne. Un jeune agent s'était planté devant pour surveiller tout mouvement débordant et pour rappeler à l'ordre tout contrevenant. Il aurait même pu porter des lunettes sombres, car les regards des passagers étaient si intimidants. Mais il s'en foutait royalement, tant bien que mal. Quelques-uns de ses collègues discutaient à voix basse à quelques pas de lui, le laissant faire le boulot. Parfois, ces derniers souriaient lorsqu'il était en prise avec un passager récalcitrant qui le provoquait.

Un peu plus loin, un agent de santé était en poste à côté d'une table où les passagers défilaient un à un pour remplir une fiche, puis ils continuaient vers une sorte de tente couverte pour aller faire des prélèvements nasaux ; deux dames y servaient. À vrai dire, c'était trop lent, et les esprits étaient déjà surchauffés : « Comment peut-on entasser des gens dans cette… ? Comment une seule personne peut-elle s'occuper de tout ce beau monde ? ». Depuis une heure, presque une dizaine passa. « Doit-on donc attendre jusqu'au soir pour passer ? », s'écria-t-on dans la foule. L'agent de police faisait les va-et-vient, les mains tantôt croisées sur sa poitrine, tantôt fourrées dans ses poches : « C'est plutôt le système qui est malade dans ce pays », émit une autre voix plaintive. L'agent lorgnait la foule.

- Chef, vous n'avez pas de toilettes ici ? J'ai envie de faire caca, dit un voyageur.
- Venez par là. Allez-y tout droit, et demandez au collègue en bas.

Le monsieur fila en trombe dans la direction indiquée. Des rires fendirent l'atmosphère, tant les propos impudiques du sieur avaient surpris tout le monde. « N'avait-il pas juste besoin de dire qu'il avait simplement besoin de toilettes ? Il n'avait vraiment pas besoin de tous ces détails, je pense », reprit un autre pris de fou rire. L'agent avait secoué la tête et avait regardé ses collègues qui se tordaient également de rire.

- Chef, est-ce que vous pouvez nous allumer le AC ? Ça brûle vraiment, lança un autre d'un air fanfaron.
- C'est quoi AC ?
- Hey, ne nous fatigue pas. Monsieur, il veut dire climatiseur.
- Non, il n'y a pas de courant, répondit l'agent.
- Et pourquoi ? continua le voyageur.

– Écoutez, Monsieur, je ne gère pas l'électricité ici à l'aéroport. Même moi j'ai chaud, répondit brutalement l'agent à bout de nerfs maintenant.

Les rires fusèrent. Au premier rang, quelques personnes du troisième âge attendaient leur tour pour passer ; elles étaient rejointes par des adultes qui simulaient des signes de vieillesse dans le but de bénéficier de ces faveurs réservées à ces personnes de cette classe d'âge très vulnérable, disait-on. Les femmes, également, s'étaient engagées dans le jeu pour passer avant tout le monde. Les jérémiades continuaient bellement et ça riait aussi pour distraire : « Quelqu'un possède-t-il par-devers lui cette vidéo où la dame parle de bradage de terrain sur le littoral ? », entonna un vieux à la mine rieuse, accosté au mur et attendant son tour. *Ndeyssane*, la dame accusait un monsieur de vouloir la déposséder de son terrain parce que refusant des avances un peu… « Pardon, il y a des enfants ici ! », reprit-il. L'ambiance était maintenant à son comble, même les policiers s'étaient plu à rire gaiement. L'autre agent étouffait. De ce qu'on pouvait appeler une tente, un vilain éternuement se fit entendre, à cause de l'écouvillon qu'on enfonçait dans la narine. Cela avait alerté tout le monde : « Attention ! Est-ce que ? *Mba du ?* »[42], pouvait-on entendre dans un remuement désordonné, mêlé de rires extravagants, en attendant la sortie du monsieur pour vérifier s'il n'était pas un voisin pendant le voyage dans l'avion qui avait été immobilisé. Pendant ce temps, d'autres agents de santé apparurent. On les applaudit. Elles sourirent largement : « Voilà, c'est ce qu'on attendait. On finira par passer tout de suite. Tu vois, il faut parfois faire du bruit, péter un câble, et il semble que nos gouvernants

---

[42] « Est-ce que… ? »

aiment ça, lorsqu'ils se muent en sapeurs-pompiers après avoir inutilement créé le désordre », confia un autre voyageur, soulagé.

En arrivant à Dakar, j'avais l'impression que le temps ne voulait jamais s'arrêter. Ça va dans tous les sens ; les gens vont et viennent avec des charges sur leur tête, se rendant ou revenant du marché, ou de leur lieu de travail. Les transports publics sont bondés à craquer. Pourtant, à peine avais-je franchi le seuil de la maison où je devais loger qu'on me demanda vertement :

– Et toi, tu viens d'où ?
– Je viens d'un voyage.
– Ils ont ouvert les frontières ?
– Oui, seulement pour des vols spéciaux.
– Ah OK. Et tu viens d'où alors ?
– Des États-Unis.

J'étais un peu peiné, mais je laissai pour une fois passer cet impétueux incident jusqu'au jour de mon engueulade avec le bailleur de la maison où je logeais qui, malicieusement, utilisait sa condition de personne âgée pour commander tout le monde. Au début, je ne comprenais rien, mais petit à petit je m'en étais rendu compte, depuis le jour où il m'avertit de ne jamais adresser la parole à ma voisine directe. En fait, c'était une maison familiale qu'il avait mise en location, et malgré son âge, il gérait presque tout ; il avait l'œil sur tout.

Et un jour, lorsque je lui demandai pourquoi il y avait des traces d'eau sur certaines parties du mur déjà humide, il répondit que c'était dû aux anciennes locataires qui auraient laissé couler l'eau de la douche pendant de longues bonnes heures ; la chambre fut complètement inondée, d'après lui. Sauf que là, seulement quelques endroits de la chambre avaient été atteints. Puis un autre jour, il plut des cordes. N'eût été ma présence, tous mes bagages auraient été complètement endommagés. L'eau qui pénétrait la chambre par la fenêtre négligemment posée l'avait inondée ; une véritable pataugeoire. Je le lui signifiai. Contre toute attente, il n'avait qu'à dire : « Qu'est-ce que je peux faire ? *Xana* tu n'as pas regardé la télé pour constater ces braves habitants qui pataugent dans l'eau dans tout Dakar ? Un phénomène naturel... D'ailleurs on doit rendre grâce à Dieu pour cette pluie, n'est-ce pas ? ». Sauf que là également, la pièce elle-même se trouvait au premier étage. Ensuite, le lendemain, pressé de toutes parts, il décida de réparer la fenêtre qu'il fit démonter. Malheureusement encore, il avoua n'avoir plus de sous. Il sollicita de l'aide, une somme d'argent, pour pouvoir payer le matériel. Une clause fut conclue, avec une décharge bien sûr, parce qu'avec ce genre de vieux bailleur... Mais il se barra presque toute cette journée-là comme s'il évitait tout embêtement. Pourtant, il avait promis que la nuit ne tomberait jamais sans avoir réparé la fenêtre. Mais la nuit tomba quand même et la pluie tomba également. Elle était longue, cette nuit, pour aller le traquer à la première occasion. Par moments, j'avais envie d'aller le réveiller pour veiller ensemble jusqu'au petit matin. Finalement, il fut surpris. Il composa un numéro. Vers le soir, un jeune ouvrier métallique arriva avec le même vieux cadre qu'il promettait pourtant de changer complètement. On devait en utiliser un autre. Le gosse déposa le vieux machin par terre et voulut repartir aussitôt. Interpellé, il confia qu'il n'était pas venu pour réparer la fenêtre, encore moins la fixer au mur. Je me ruai dehors vers le vieux. Il ne voulut pas nous voir ensemble au même moment, me demandant de rentrer dans ma chambre, que le jeune allait faire le travail. J'acquiesçai, mais restai au seuil de la porte. Je l'entendis chuchoter quelque chose ; le jeune voulait se libérer en catimini. Je ressortis, tout emporté.

– Il rentre, le gosse ?
– Eh toi, viens là, mon fils ! fit-il en balançant des regards dans tous les sens comme s'il craignait d'être surpris ou entendu.

Une scène d'explications, de tentatives d'évasion, de manipulations, des va-et-vient sans nom.

– Toi l'Américain, quand vous débarquez ici, vous n'aimez pas vous soumettre à personne. Vous voulez vaille que vaille avoir ce que vous demandez. Vous ne respectez personne, même la personne âgée. J'ai mes enfants à Los Angeles, moi. Qu'est-ce que tu crois ? Je peux te donner leur numéro, et tu les appelles. C'est quoi ça... ?

J'eus envie de rire.

- Je suis bien sénégalais comme vous, père. Et puis vos enfants, s'ils apprenaient cette histoire, ils seraient plus mal à l'aise que jamais. D'ailleurs, de grâce, ne glissons pas dans ça.
- Mais tu as la mentalité des Américains.

Je me suis demandé s'il ne gardait pas une dent contre ces « Américains » à qui il s'en prenait vertement. Un autre locataire passa lui remettre une bouteille de miel. Il en profita pour verser dans la distraction. Il me demanda si j'en voulais. La discussion changea, mais je revins sur ses propos.

- Père, je ne suis pas américain. Je suis sénégalais. C'est juste une question de justice et non de mentalité Je ne peux jamais faire subir à autrui ce que je ne veux pas qu'on me fasse.

- Je te le jure sur le Saint Coran, je répare la fenêtre avant la nuit. Tu es content maintenant ?

Je quittai les lieux, gêné par la présence de sa fille. Il faisait déjà nuit. La bonne dame qui, dès mon arrivée me pressa de questions, fila dans sa chambre et ne ressortit plus pendant que je traînais lourdement mes bagages dans la chambre.

À la boutique du coin, les gens se bousculaient ; aucun ordre n'y était respecté, chacun voulant se servir avant l'autre. Le boutiquier, aidé par un vieux qui passait tout son temps à tapoter sur son téléphone portable, couché sur un coussin par terre, empoignait l'argent des clients avec la même main qu'il servait. Parfois, il s'extirpait de l'intérieur pour venir ouvrir le frigo posé devant, ce frigo qu'il éteignait par moments pour ne pas bouffer beaucoup d'électricité. Ça se décongelait et des traces d'eau sillonnaient sur toute la devanture de sa boutique. Personne ne disait rien, comme si ça laissait tout le monde indifférent.

Le voisinage, c'est parfois comme du business. Il aura fallu attendre ce manque de bonbonnes de gaz (on ne sait jamais pourquoi du jour au lendemain on te dit : « *Dafa manké* »[43], toujours cette façon sans aucune explication aux consommateurs au moment où des puits de gaz brûlent à côté) pour s'en rendre compte et apprendre d'autres leçons de vie. Parce que l'autre jour, notre voisin boutiquier qui me pressait avec ses masques lorsque je m'y étais rendu pour lui demander s'il en avait, il me dit : « Non, il en manque depuis quelques jours, de ces bonbonnes ». Je revins dans la chambre un peu méditatif, mais avec l'idée de repartir plus tard le voir. Pendant ce temps, inassouvi et entassé au lit, les yeux pas du tout fermés, j'aperçus

[43] « Il en manque. »

de la fenêtre les cliquetis du bol de repas chez les autres voisins très bavards, dont la petite fille braillait bruyamment pour un rien, cette fille sur qui j'avais décidé depuis le début d'aller déverser ma colère. Je repartis donc voir le voisin boutiquier, mais il n'y avait toujours pas de bonbonnes, d'après lui.

- Et ces bouteilles là-bas entre ces sacs de riz, elles sont vides donc ? lui demandai-je.
- Si je te dis qu'il n'y a pas de bonbonnes de gaz rechargées, est-ce que c'est un problème ça ? me lança-t-il d'un ton plus que menaçant.

Je ne pipai mot pour ne pas envenimer nos rapports jusque-là cordiaux. De retour dans la chambre, je décidai maintenant, faute d'autres possibilités, d'aller trouver les voisins irritants, un peu dérangé vu que je ne cessais, tout bas, de les menacer. J'étais obligé de faire la paix avec la « pleureuse » petite fille accrochée au pied de sa maman, tout en la taquinant. Sa maman, visiblement surprise de ma visite et lassée de mes explications décousues, me remit sa bouteille de gaz : « Si tu as besoin de recharger ta bonbonne de gaz, viens voir mon mari. Il a aussi une boutique », me confia-t-elle, elle aussi. Puis je pensai à la prochaine fois, lorsque la petite fille allait encore crier, et aussi au boutiquier voisin qui m'avait tout bonnement rabroué.

Il m'arrivait, les après-midis, d'aller me délasser sur l'avenue Bourguiba où je croisai un jour dans une agence de téléphonie un homme à l'allure de vieux retraité. Il avait palabré sur beaucoup de choses ; j'avais à peine compris ce qu'il disait à la dame assise à ses côtés, elle aussi attendant impatiemment d'aller au guichet.

- Je suis déçu de mon pays. Mon pays me déçoit ! se lamentait-il furieusement auprès de la dame qui l'aidait tant bien que mal dans son agitation. Regarde, moi je vis en Suisse depuis des décennies. Et chaque année, je viens ici en vacances, mais je suis déçu, continuait-il.

Je m'approchai, curieux comme jamais et sans me faire remarquer.

- Les Blancs, ce qu'ils ont fait et laissé ici, ils ne l'ont jamais laissé nulle part ailleurs. Il y avait tout et tout, mais ce sont eux (les Sénégalais apparemment, elle non incluse) qui ont tout volé et détruit. Ces noms de rue là-bas en ville, ne les touchez pas. Baptisez plutôt celles de ces nouveaux quartiers au nom de qui vous voulez, scandait la dame aux lunettes sombres qu'elle tentait de faire remonter de son index droit pour ne pas les laisser glisser.
- Regarde cette avenue Bourguiba, elle fut l'une des plus jolies de l'Afrique francophone (ou de l'Afrique de l'Ouest, je ne sais vraiment plus). Il y avait des filaos partout. Des bougainvilliers. Mais regarde maintenant ce qu'elle est devenue ! Un véritable capharnaüm. Mon père...

Je me relevai légèrement de mon siège pour scruter dehors cette avenue Bourguiba. Mes regards croisèrent ceux de la dame qui s'en prenait maintenant vertement au vigile, parce que croyant qu'on la faisait trop attendre pendant qu'elle se faisait devancer par tous ceux qui l'avaient trouvée là.

- Salut, Monsieur ! J'ai écouté une partie de votre discussion. Ça me passionne beaucoup, lui signifiais-je.

– C'est vrai ce que je te dis (ou simplement ce qu'il venait de dire à la dame, parce qu'il m'avait tourné le dos, s'intéressant à la dame comme s'il songeait à lui dire quelque chose). Attends, j'arrive. Je vais tout t'expliquer, petit. Tous ces gens-là, politiciens et consorts, qui sont devenus maintenant riches, je les connais tous. Ils font les malins. L'un d'entre eux, n'eussent été les grâces du Ciel, il serait aujourd'hui un vulgaire charlatan qui arnaque les gens. Je les connais tous, au moins en partie. Ils sont là. J'arrive.

J'attendais donc, mais le monsieur, après avoir terminé au guichet, m'ignora royalement. Il s'en fut vers la porte pour disparaître. Je tentai de le rattraper, en vain ; il était entré dans le vieux car « Ndiaga Ndiaye » qui refusait depuis longtemps de se remplir. Pourtant, il avait promis de relater le reste de l'histoire d'un autre homme politique qui fut son camarade de classe qu'il connaissait bien comme son petit index dangereusement carbonisé par le feu de la cigarette, cet homme politique issu d'une famille très modeste, mais qui faisait trop le malin maintenant, ayant reçu une grâce d'un autre homme politique (comme pour lui donner son morceau du gâteau), changeant ainsi son vécu en destin heureux.

Je revenais de l'avenue Bourguiba pour rejoindre ma chambre lorsque je perçus un bruit qui ressemblait à celui d'une scène de *sabar*. Le soleil mourait déjà, déversant ses derniers rayons sur les gens par moments pressés. L'heure du couvre-feu s'annonçait, même si un certain relâchement se notait ; tout le monde était pourtant sur le qui-vive. Je m'approchai alors pour y voir un peu plus clair. Ça délirait. Les grandes dames, férues de ces danses très spectaculaires, avaient mis des parures signalées qui mettaient en évidence leurs rondeurs. Elles égayaient le spectacle composé de femmes et de quelques hommes adultes. Poussé par l'effet de la foule, un adolescent, qui exultait bellement à chaque coup de reins endiablé d'une danseuse, m'indexa depuis sa position. Apparemment il était monté sur un objet qui avait propulsé son corps plus haut afin de mieux voir. Il semblait dire quelque chose que je ne pouvais comprendre. Je lui fis signe de la main. Il vint.

- Qu'y a-t-il, jeune homme ? J'ai dû faire quelque chose que j'ignore ?
- Non, du tout, Grand. Mais Grand, *xana rousso*[44] ? N'êtes-vous pas gêné de constater que vous êtes le seul devant cette marée de gens à porter un masque ?

Je balayai du regard la foule. C'était vrai, il avait raison. Je tins la main du jeune homme qui avait l'air d'avoir grandi avant son âge.

- Dis-moi, tu crois à la chose-là ?
- Non, Grand. Je n'y crois pas une seule seconde. *Fii Afrik lë.*[45]
- Et alors ? Bon, moi, j'y crois. OK ? Fais attention à toi ! je tentai de le convaincre avant de le laisser aller vers sa bande de camarades qui suivaient de loin notre conversation.

Maintenant je m'en pris à moi-même. « Pourquoi ne lui ai-je pas prodigué une belle leçon de morale, une conduite à respecter son prochain, particulièrement un aîné que je suis pour lui ? Je viens de rater une belle occasion de lui faire comprendre que la chose-là existe bel et bien. »

---

[44] "N'avez-vous pas honte »

[45] « Nous sommes en Afrique. »

Je ruminais ainsi la petite irritation provoquée lorsque j'entendis : « Hey, police ! ». La foule s'élança sous le bruit fracassant des chaises en plastique. Ça courait et criait dans tous les sens. Un véritable tohu-bohu. Dans le désordre, les joueurs de tam-tam qui essayaient de ramasser ce qu'ils pouvaient des restes de *diali diali*[46], des perruques et autres effets préparés pour la circonstance, laissèrent leurs instruments pour s'évader comme tout le monde, les petits bâtons avec lesquels ils jouaient le tam-tam sous la main. Je cherchais le jeune homme, mais il luttait de toutes ses forces pour trouver une voie et entrer dans une concession d'à côté. On signala que cela n'était que du vent. Mais trop tard, la foule (et mon jeune homme culotté) s'était déjà dispersée.

À peine arrivé à la maison qu'un bruit fracassant se fit entendre. Une bousculade monstre vers la boutique. Ça tentait de courir pour se cacher. Ça se cognait puis ça tombait par terre. On ramassait ses forces pour se relever et détaler plus vite. La voiture de la police fonçait et poursuivait toute cette bande qui refusait de porter leur masque et de respecter les mesures barrières. On ramassait les plus lents qu'on jetait dans le fourgon, sous des pleurs et des lamentations des cohabitants pris au dépourvu. Puis, comme si elle était inassouvie, la voiture se dirigea vers le marché de Grand-Dakar. Là, c'était un véritable spectacle, un branle-bas indescriptible. Pris de panique, certains commerçants avaient tout bonnement abandonné leur étal et s'étaient barrés dans la nature pour ne pas se faire prendre. La traque se poursuivait. Ceux qui n'avaient pas eu le temps de s'enfuir étaient sommés de suivre mollement les policiers qui les conduisaient vers le fourgon. Dans le

[46] Des perles attachées à la taille.

désarroi et la peur d'être embastillée, une jeune dame courut vers un boutiquier qu'elle supplia de lui passer son masque : « Je vous le rends tout de suite dès qu'ils passent ». Le boutiquier se démasqua, puis le remit à la jeune dame qui tremblait de peur. Elle alla tranquillement se planter devant son étal, jubilant pour sa ruse. Dès que la voiture de la police se remplissait, et que les démasqués étaient conduits au bloc, tout redevenait comme avant, dans l'insouciance totale de tous. Et ça revenait toujours et encore au galop.

Et moi, dans une colère non justifiée, j'avais envie de crier et d'en appeler au président de la République pour qu'il puisse sévir de plus belle.

Car moi président de la République, j'administrerais un remède de cheval à ces récalcitrants porteurs sains de la chose, à ceux qui réussiraient le tour de passe-passe de transformer les gestes barrières en gestes d'ouverture pour la propagation de la chose. Car pour eux, gare à ceux qui leur parleraient de masques, de lavage des mains et de distanciation physique. Ils perdraient leur temps en voulant, à tout prix, leur faire le dessin de la chose. Ces récalcitrants viendraient d'une autre planète... Rien qu'à voir leur mine... d'enfer !

Pour ces extraterrestres, la chose-là si redoutable ne serait que le fruit de l'imagination du Toubab ou Blanc qui voudrait, comme toujours, vivre sur le dos du Nègre. La théorie du complot est inventée pour ne plus cogiter. La réflexion fatigue, car elle éloigne du confort douillet de l'insouciance et de l'humaine condition. Le manque d'éducation ou de socialisation ne permet pas d'appréhender l'altérité en termes de construction mutuelle pour une société où le vivre-ensemble devient une réalité tangible. Ceux qui prennent alors un peu de leur temps précieux pour faire entendre raison à ces récalcitrants se voient insulter, calomnier, accabler de propos déshonorants pour avoir simplement attiré leur attention sur les dangers qu'ils font courir à la société tout entière.

Ils prennent possession des rues de Dakar et de sa banlieue. Dans les marchés, les ateliers, les plages, les transports publics... ils sont à visage découvert. Certains, avec un long cure-dent, ne se gênent pas de répandre des crachats par terre. D'autres, la bouche grandement ouverte, charrient des gouttelettes de salive que des clients ou passants – qui ne demandent absolument rien – vont prendre en pleine figure, en dépit des masques qu'ils portent et qui ne les protègent pas à cent pour cent de la chose. Et s'il arrive à un récalcitrant de « porter » un masque, sous la contrainte, c'est-à-dire par peur de représailles d'un policier, cela voudrait dire qu'il le fait par mauvaise volonté ou mauvaise foi. Mais il trouvera toujours le moyen de se singulariser, en transformant ledit masque en cache-menton, bracelet (noué autour du poignet), s'il n'est pas tout bonnement logé au fond de la poche. Si par curiosité vous demandez au récalcitrant son masque, il l'exhibera. Vous comprendrez alors que pour lui, le masque se définit par son existence ou son caractère normatif et non par sa fonctionnalité. Aucune campagne de sensibilisation ou de communication ne pourra les faire fléchir, car ils croient dur comme fer que la chose n'existe pas. Ce n'est pas en explorant le champ de la raison qu'on réussit à faire changer de planète les récalcitrants, mais en leur déclarant ouvertement la guerre. Plus qu'une guerre sanitaire, il s'agit d'une guerre conventionnelle contre ces bombes humaines.

Voilà pourquoi moi, président de la République, je mettrais tout en état de siège, comme lorsqu'on veut casser l'opposant ou l'activiste pour conserver le pouvoir. Moi, président de la République, je posterais partout des policiers, gendarmes et ASP[47] *pour m'assurer que la loi est respectée dans les lieux publics. Que les contrevenants ne comptent sur l'intercession de qui que ce soit, autorité religieuse ou non, pour se tirer d'affaire. Les dégâts collatéraux font partie de la guerre, fût-elle chirurgicale. Donc pour faire face au péril national, je demanderais le concours de l'armée aux fins de faire régner la discipline. J'intimerais l'ordre au ministre des Sports d'ouvrir les stades pour y faciliter le séjour des récalcitrants qui iront ainsi se familiariser avec l'ambiance des camps d'instruction militaire. Je solliciterais l'aide des volontaires dans les quartiers pour rappeler à l'ordre celles et ceux qui délibérément choisiraient de se marginaliser. Moi, président de la République, je mettrais des forces de l'ordre en civil et des volontaires dans tous les bus, minibus, cars rapides*[48]*, cars Ndiaga-Ndiaye et taxis clandos pour vérifier si les passagers portent correctement leur masque. Parce que nous sommes tous en guerre contre un ennemi malin et invisible ! Cette fois-ci, ce n'est pas une figure de style. À situation exceptionnelle, un président anormal pour sauver son peuple en créant, par des mesures fortes, les conditions de santé, de paix et de sécurité.*

Il s'afficha une annonce alerte de la météo dans les environs de Drexell Hill que j'avais quitté quelques jours auparavant. Un brouillard avec des traces de pluie était prévu pour la journée. Je pris mon

---

[47] Agent d'Assistance à la Sécurité de Proximité.

[48] Cars de transport public.

téléphone et composai le numéro d'Ecal. Ça sonna pendant un moment dans le vide, puis elle prit l'appel.

– *Hi Grandpa !* Comment s'est passé le voyage ? J'espère que tu es bien arrivé ? avais-je entendu, avec en arrière-plan le bruit de Nene et Antoinette qui émettaient également : *Hi Grandpa, we miss you ! When are you coming back ?*[49]
– Oui, par la grâce de Dieu. Et tout le monde, les enfants, la grand-mère, Candy et tout ?
– Tout le monde va bien merci.
– Hey, tu es bien arrivé ? résonna, un peu lointaine, la voix de Grandma. *Biyaa*[50]... Ça ne va toujours pas ici *deh*. Ça va mal.

Ecal m'expliqua, d'une voix basse, qu'un jeune Noir de plus avait été abattu par un agent de police, que cette police ne comptait pas s'arrêter, même après les émeutes occasionnées à la suite d'un autre Noir étranglé comme un animal. Je parcourus les réseaux sociaux, et constatai le drame du pauvre jeune. Une colère m'envahit et j'eus aussitôt l'envie de balancer sur Facebook un post pour exprimer, même de loin, mon amertume. Parce que la vie est simplement une et une seule qui mérite d'être respectée quel que soit notre origine ou le lieu où l'on se trouve. Elle est sacrée et ses principes de sacralité doivent être défendus quelle que soit la couleur de notre peau. J'écrivais donc :

À mes frères et sœurs américains !

Dimanche, un Noir, cousin d'un ami cher et cousin lui aussi d'un descendant balanta,

[49] « Salut, Grand-père. Tu nous manques. Quand est-ce que tu reviens ? »
[50] « Je te dis »

simplement un être humain, a été abattu par sept balles dans le dos par un policier devant ses jeunes enfants dans le Wisconsin.

Laissez-moi dire ceci : chaque fois que j'entends ce genre de brutalité ou de meurtre, je me sens tout simplement brisé, embarrassé et honteux. J'ai des âmes merveilleuses, des gens des deux côtés. Je peux deviner toute leur douleur et leur lutte pour changer les choses de manière positive.

Quand les choses ne changent pas, il est sage de changer de stratégies. Et cela commence en nous, dans notre cœur et notre esprit. Aucune élection ni aucun président ne peuvent y parvenir si la haine, le sectarisme, l'oppression, la discrimination, le racisme, l'exclusion sont encore perpétués.

Il y a un temps pour tout. Vous êtes venus partager ce pays merveilleux qu'est l'Amérique. Même à travers des luttes sanglantes et l'exploitation. Maintenant que vous partagez le même destin, il vaut mieux guérir les blessures qui ont été gardées et nourries à travers les générations.

Il n'est pas tard pour saisir l'occasion de se regarder dans les yeux et de se dire la vérité en mettant de côté les mensonges et les manipulations. C'est une question de vie.

Qu'est-ce qui ne va vraiment pas ? Je ne le sais. Que faut-il faire et comment ? Vous le savez peut-être. Écoutez les cris intérieurs de ceux qui se sentent ou sont opprimés. Ils ont des raisons. N'essayez pas de les raisonner. Enlevez simplement vos genoux sur leur cou, car ils ne peuvent plus respirer. Ils ne sont pourtant pas moins intelligents, mais ils sont envoyés dans ces écoles sous-financées, parce qu'on veut toujours garder le genou sur leur cou. De grandes compagnies ou industries, ils peuvent les diriger, parce qu'ils ont les compétences et peuvent faire tout ce que tout le monde fait, mais le genou est toujours sur le cou.

Dans le système éducatif, dans le business, dans la santé, dans la législation, dans le système judiciaire, le genou est toujours là. Et lorsqu'un jeune ambitieux s'efforce d'obtenir la meilleure éducation pour briguer un mandat présidentiel, on lui demande de montrer son certificat de naissance, parce qu'on ne veut pas enlever le genou sur son cou.

Aussi, cette situation ne saurait être une opportunité pour certains qui éternisent ou veulent prolonger l'oppression, ou qui s'attirent une quelconque compassion pour dérouler leur agenda sans la volonté

de changer, sur le dos des vraies victimes. Mettons-le « moi » de côté et combattons ensemble l'injustice, main dans la main. Car autant la justice et la paix se donnent la main, autant l'injustice et la haine qui produisent le ressentiment, la violence, se croisent et s'affrontent.

La victoire n'est pas le fruit des seuls efforts d'une seule partie. Mais ensemble, pour que cette terre, l'Amérique, soit un lieu où chacun aura le droit de vivre décemment, où les privilèges seront partagés sans avoir honte, sans être ciblé, opprimé, mal jugé et mal compris.

Cela nécessite un sacrifice de soi. Car une nouvelle lune se lève. Une nouvelle saison est arrivée. Celle d'un appel à la paix, et non d'un appel au calme pour que l'autre continue de souffrir en silence.

Quelques jours après m'être complètement rétabli, j'eus un échange avec un conducteur de taxi aussi douteux qu'insoucieux, qui me transportait au centre-ville. Pour lui, il semblait que la chose-là n'existait pas du tout. Que les politiques avaient encore trouvé une belle voie de tout truquer, même les élections, pour s'éterniser au pouvoir. Que c'était une belle occasion de voler les deniers publics, de dilapider les richesses des pauvres gens, d'assombrir leur esprit, d'installer la peur pour les priver du droit de protester et de s'insurger contre toute injustice et malversation. Que tout simplement, la chose-là avait été inventée de toutes pièces pour installer cette peur afin de régner sans crainte, pour mesurer la température sociale des réactions brutales des peuples. Je l'interpellai donc lorsqu'une voiture de police roulait devant nous.

- Et cette voiture de police, c'est une patrouille pour traquer ceux qui refusent de porter leur masque ?
- Non, ils déposent juste leurs éléments. Tu sais quoi, on ne peut obliger tout le monde à porter le masque. Impossible. Dakar est trop vaste.
- Sérieux ?
- Ah bien sûr. Que veulent-ils ? Et puis cette chose-là, personne ne peut te dire si ça existe ou pas !
- Vraiment ?

– Regarde ! Dakar compte combien d'habitants ? C'est peu. S'il y a donc des milliers de cas et des centaines de morts comme on nous pompe l'air à longueur de journée, au moins tu vas croiser quelqu'un qui l'a une fois attrapée. Mais jamais. Seulement dans les radios et télévisions. Tu vois ça ?
– Tu n'as donc jamais connu ni rencontré une personne atteinte de cette chose-là ?
– Non. Jamais. C'est uniquement dans les radios et télévisions.
– Tu parles avec quelqu'un qui l'a déjà attrapée.
– *Ya... Astafurillah !*

Le temps de regarder à travers la portière de sa voiture très âgée, il avait fini de bien ajuster son masque qui couvrit presque tout son visage. Il l'avait négligemment laissé traîner sur son menton.

– *Serign bi*[51], dis-moi, comment cela s'est passé ?

Puis un exercice de questions-réponses durant le court trajet.

– Qu'Allah nous en préserve, mon cher ! Bonne journée, me souhaita-t-il, tout en me dévorant de regards compatissants pendant que je tentais d'ouvrir la porte de son véhicule pour descendre.

Je me dirigeai vers la place de l'Indépendance pour y rencontrer un ami lorsque je fus appréhendé par un homme à hauteur du marché Sandial. Rabatteur né devant Dieu, il y exerçait depuis des décennies. Vu son expérience, c'était donc plus facile pour lui de repérer un éventuel client qu'il pourrait contraindre d'acheter sa marchandise, déployant tout un arsenal de

[51] « Mon cher »

séduction et de marketing de la vieille école de chez nous.

L'opération débuta par des civilités, puis par des propositions moins osées en premier lieu, mais qui devinrent très insistantes et pressantes. Par moments, je me plaisais dans le jeu du rabatteur qui engagea toute son énergie et sa ruse, tout et tout, pour m'obliger (à la limite) à le suivre dare-dare, moi le vieux colporteur pendant les années pas trop prospères d'étudiant. La suite se déroula autour de deux autres vaillants rabatteurs rompus à la tâche, venus prêter main-forte à leur camarade, parce que, pensaient-ils, on ne laisse pas passer la première chance, le premier client de la journée. Une séance d'arguments et de contre-arguments s'était ensuivie.

Lassé et à court d'énergie parce que j'étais resté campé sur ma position, ne comptant pas bouger d'un seul trait sur le prix qu'il avait proposé (ici, presque tout est « marchandable »), le rabatteur s'en remit gentiment, me proposant de repasser le voir, tout en prenant soin de demander mon numéro de téléphone : « Vous êtes originaire d'où ? Vous habitez où à Dakar ? », me demanda-t-il après avoir longuement scruté ma carte de visite que je lui avais remise : « Aaah ! Quel beau nom ! Mon meilleur ami porte votre nom. Mon fils le porte aussi. Tu vois mon frère, nous avons besoin de l'un de l'autre. Nous devons nous soutenir ».

Il invita ses camarades qui s'étaient dispersés un moment, autour de moi. Je n'y comprenais rien. Il tendit les mains et dit quelques paroles en arabe. Ses camarades simulèrent son geste. Je tendis les miennes, car ça ne se refuse pas, parfois par déférence. Et c'était parti pour une très longue séance de prière irrégulière. Parce mon « frère » me sollicita sans mon avis ou sans m'en rendre compte pour diriger la séance. On murmura et on murmura encore. On se regarda dans les yeux, puis ça continua de murmurer. Mes yeux explorèrent le tas d'innombrables jeans bien rangés, un peu distrait, bien sûr après avoir intérieurement prié pour lui, pour ses camarades, et pour leurs projets et consorts, évidemment sans oublier de mentionner que je devais trouver maintenant le bon moyen de me libérer amicalement. Mais la séance continuait. Ils braquèrent leurs regards sur moi dans le but de me sommer de clôturer. Dieu savait bien que c'était cela que je cherchais depuis, mais je n'en savais rien, je continuais moi aussi de les regarder, de les imiter. Car ça devenait anormal. Finalement, je repensai et me proposai de simuler un grand bruit, pas trop gênant quand même, pour en être sûr. S'ils me suivaient, je saurais que c'est bien moi qui dirige et donc je dois clôturer, sinon je continuerais de suivre le rythme. Et cela marcha à merveille.

Parfois le soir, je m'installais devant la grande porte de la maison, à côté du voisin boutiquier qui voulait vaille que vaille me faire porter ses masques que lui ne portait jamais. Deux tourtereaux, que je finis par identifier par leurs manières jeunes et ostentatoires de s'aimer, bavardaient gaiement. Lorsqu'ils se séparèrent, le monsieur affichait une mine joviale, tapotant sur l'épaule de son camarade compagnon comme cela se fait presque naturellement, à qui il souffla un petit mot à l'oreille, des conneries de jeunes gens peut-être, puis lorgna par derrière comme s'il voulait s'assurer que la fille ne regardait pas son geste bavard. Elle fonça sans regards distraits à l'intérieur de la maison, tapotant aussi sur son téléphone portable.

Puis un dimanche soir, j'eus droit à assister à de chaudes empoignades. Pourtant Dieu savait bien que je ne surveillais personne dans ces lieux : le type, très émotif apparemment, gesticulait, balançait ses membres dans tous les sens pour coordonner ses propos, soulevait sa poitrine comme celle d'un jeune coq dont parlait dans son bouquin-mémoire l'autre président à son homologue qui portait des talonnettes et qui avait discouru sur « l'Enfant africain » à Dakar.

Mais la jeune fille, dont j'ignorais depuis peu le véritable projet, alla se jeter dans les bras d'un autre jeune homme à seulement une dizaine de mètres du copain. De là, et toute souriante, elle lui fit un salut de la main, mais celui-ci fit mine de l'ignorer. La fille se lova complètement dans les bras du provocateur, sirotant à cœur joie du jus gracieusement servi en son honneur. À la fin, elle ramassa son corps et fila à l'intérieur de la maison, sans le moindre coup d'œil compatissant à son amoureux qui brûlait de colère. Lui, quitta son siège, prit son téléphone, composa un numéro, puis alla se pointer en face de la porte de la maison de la fille, s'activant dans ses va-et-vient, visant sans cesse le portail. Mais la fille n'était plus ressortie, et moi j'étais toujours assis là, attendant la suite explosive de cette histoire d'amour.

Sauf que là encore, je compris vite que les querelles entre amoureux, il ne faut jamais s'en mêler, même de loin ! Les deux jeunes tourtereaux au début paradaient devant tous, mais après s'étaient dangereusement embrouillés au point d'attirer mon attention les soirs où je m'asseyais à côté du boutiquier du coin. Je m'étais surpris, sans le vouloir, en train de me réjouir devant cette scène tant la jeune fille avait malmené le garçon devenu enragé et incontrôlable, comme si la souffrance du jeune garçon me procurait une certaine satisfaction d'un ambitieux projet d'amour recherché. Des jours passèrent et forcément beaucoup de choses s'étaient dites par messages interposés ou grâce à d'autres messagers bénévoles – parfois suspects, parce qu'on ne sait jamais – pour tenter de recoller les morceaux d'un amour en lambeaux aux fins de les rapprocher. « Elle ne peut pas me faire ça ! Elle ne peut pas me faire ça, quand même ! », je pensais, comme si je ne voyais rien venir ni ne notais ce qui se déroulait. Parce que la jeune fille-là, contre toute attente, se jeta dans les bras du même copain très enjoué maintenant qui semblait lui raconter un bazar d'histoires auxquelles elle donnait l'impression de croire comme parole d'évangile, comme si elle ne se rendait pas compte que cela m'avait affecté. « Je l'ai bien cherché », je tentai de me consoler, un peu déçu et contrarié sans raison. Parce que j'avais refusé de comprendre qu'en amour, comme en politique, ce n'était pas du *black* et/ou *white*, que seules les montagnes ne se croisaient jamais.

Tout s'était passé très vite à mon arrivée à Dakar. Au début, des jeunes étaient sortis pour braver l'autorité qui avait décrété le couvre-feu, cassant et mettant à feu les rues et les ruelles. Une véritable intifada dans le quartier et les environs. Puis les jours suivants, les forces de l'ordre, pour contenir toute volonté mal orientée et toute énergie débordante, descendirent dans les rues avec force, contraignant tout le monde à aller se terrer. On se contentait par moments d'épier très doucement à partir du seuil de la porte, bien accroché au battant. Mais les scènes avant couvre-feu étaient toujours plus drôles que cassantes : ça allait et venait, ça pressait le pas pour faire les dernières courses, ça courait même parfois, et ça s'encombrait dans les bus et autres voitures moins confortables. L'essentiel, c'était d'arriver chez soi sans être inquiété. Ensuite, le relâchement. Comme pour narguer les forces de l'ordre, on se permettait de sortir pour vaquer à ses occupations avec indifférence ou pour traîner dehors, marchant nonchalamment en direction de chez soi, le téléphone collé à l'oreille, bien sûr sur le qui-vive, car on ne sait jamais.

Un soir alors, un motocycliste vadrouillait dehors, polluant l'atmosphère avec le bruit de son engin croulant. Comme s'il avait attiré l'attention de la voiture de police qui s'élança à toute vitesse pour l'appréhender, lui l'insouciant. Comme il sentait aussi le danger, le jeune insoumis accéléra, mais en comparaison avec la voiture qui le poursuivait, il avait l'impression que son engin refusait de rouler, que ça roulait même à reculons. Il le largua sur la chaussée et s'éclipsa dans une sombre ruelle. Non loin de là, un monsieur argumentait vigoureusement sur quelque chose du genre « troisième mandat ». Oui, je l'avais entendu discourir sur ça, mais je ne savais vraiment pas sa position sur cette affaire : « Attends, je te ra... », dit-il enfin à son interlocuteur, avant de s'engouffrer presto dans sa maison. Tout près, une dame traînait un gamin qui se plaisait dans ses caprices ; l'enfant paressait, pleurnichait, et voulait contraindre sa mère à le porter au dos. « Ce sont ces types d'enfants choyés, à qui on ne refuse rien, qui règnent en maîtres chez leurs parents, et qui une fois dehors deviennent si encombrants, parce que ça attire des critiques », avais-je pensé. La voiture de la police qui venait de poursuivre le jeune motocycliste arrivait. La bonne dame fila sans rien attendre, oubliant son enfant qui, lui aussi, cavala à toute vitesse pour la rattraper.

Enfin, l'homme a finalement trouvé son alter ego en cette chose-là, pouvait-on imaginer.

Je commençai donc à ressentir graduellement des douleurs au niveau des muscles. J'avais conclu sans le moindre recul que cela était dû au voyage mouvementé, surtout au temps d'attente à l'aéroport de Blaise Diagne. Je n'avais donc pris aucune précaution puisque cela ressemblait à une simple fatigue qui allait de toute évidence passer, sauf un mélange de tisane composée de gousses d'ail, de gingembre et de citron que je découpais en petits morceaux et prenais la solution buvable à volonté. Mais au fil des jours, tout mon corps s'était alourdi et commençait à lâcher. L'alerte avait sonné, mais c'était comme si je voulais résister, périlleusement. L'envie d'envoyer quelques nouvelles à Ecal s'évanouissait ; je restais donc plus de temps au lit à ne rien faire. Je décidai moi-même de chercher sur Google pour y voir plus clair dans cette affaire. Google citait les signes, en mentionnant que la chose affectait de différentes manières, et que les personnes infectées pouvaient même se rétablir sans se rendre à l'hôpital. Parmi ces signes, il y avait ceux courants tels que la fièvre, la toux sèche, la fatigue, et les autres symptômes moins courants comme le mal de gorge, maux de tête, diarrhée, perte de goût et d'odeur, difficultés à respirer ou essoufflement... Que ces signes apparaissaient normalement les cinq ou six premiers jours qui suivaient le contact avec la chose, mais que même cela pouvait s'étaler jusqu'à quatorze jours.

Une semaine passa. Les douleurs persistaient et s'intensifièrent. Il s'y ajoutait que la température était si élevée que je demandai urgemment une perfusion. Je consultai de nouveau Google pour me rassurer et éventuellement prendre des mesures drastiques. Il faisait chaud à Dakar, mais une fraîcheur atroce m'envahissait. J'avais souvent de la peine à me doucher, et si je devais m'y contraindre, quelques jets d'eau suffisaient, puis je filais dans la chambre que je ne quittais presque plus. Je continuai de prendre ma solution buvable, mais la lassitude m'avait complètement cloué au lit. Je n'avais plus envie de prendre les multiples appels des amis et autres connaissances qui ne pouvaient comprendre mon repli alors que j'arrivais des USA. Parce que ceux qui arrivaient des USA, souvent, pompaient beaucoup l'air. Ça portait des habits et des casquettes effigiés NYC, Brooklyn..., même s'ils ne venaient pas de là, ou des grandes équipes de basketball. De grosses chaussures que couvraient de gros pantalons. De longues chaînes qui ornaient leur torse trop saillant. Ça roulait parfois dans de grosses caisses qui infestaient l'atmosphère avec leur bruit tempête. Ça parlait un mélange orgueilleux de langues, avec beaucoup de mots anglais parfois bien malmenés. En définitive, on avait l'impression de s'écrier : « Foutez-nous la paix ! ».

Je composai le numéro qui avait sonné pendant longtemps. J'insistai. Au bout du fil, un monsieur à la voix peu rassurée me demanda à qui il avait l'honneur :

- C'est moi, Monsieur... J'appelais pour des besoins de test, parce que j'ai l'impression que... Je ne vais pas bien.
- Nous ne traitons pas cela ici, Monsieur, me répondit-il.
- Ah oui ? Pourtant c'est le numéro vert qu'ils ont bien donné pour des urgences.
- Désolé, mais nous ne traitons pas ça ici.
- Mais pourquoi ont-ils laissé ce numéro ?

– Je n’en ai aucune idée, Monsieur.
– Qu’est-ce que je dois alors faire ?
– Vous êtes où ? Vous logez où ?
– Je suis à...
– Laissez-moi vérifier. D’accord. En principe, vous devez appeler le... Laissez-moi voir aussi... Vous êtes bien sénégalais ?
– Oui, Monsieur.
– Voilà... je croiiiiiis... que c’est le booooon... numérooooo... Voilà.
– Après je fais quoi ?
– Ils vont vous donner des instructions. Normalement, ils vous dirigeront vers un centre ou une structure qui couvre votre zone. Un médecin viendra faire les prélèvements et au bout de quelques jours, 48 heures peut-être, ils vous donneront les résultats.
– Après ?
– Après, si la chose est confirmée, ils vous recontacteront pour prendre les mesures qui s’imposent.
– D’accord. Merci !
– Au revoir et bon...
– Pardon. Je disais... au fait vous faites quoi au juste ?
– Monsieur, nous ne traitons pas cette question ici, nous ne traitons pas la chose-là.
– OK. Merci !

Cela semblait un peu anodin, une structure étatique qui n’avait pas de nom, mais qui pourtant, bénéficiait des avantages liés à la chose-là qui diminuait mes forces et consumait mes os. Mais je décidai de ne pas m’engager dans cette voie de fouille, vu mes expériences nocives avec l’homme de Miyoki, parce que j'avais encore besoin de cette énergie que je ne devais pas gaspiller pour rien.

Je pris alors le numéro d'une autre structure privée pour éviter toute brouille, car il semblait qu'eux, d'après ce qu'on disait, réagissaient vite contrairement aux autres avec qui ça donnait l'air d'une rivalité malsaine, sur le dos des malades mourants bien sûr. Sentant une hésitation de leur part, parce que celui qui avait décroché me fit croire qu'il allait me mettre en rapport avec le médecin en service, je fis pression sur lui.

– C'est lui qui est de service présentement ?
– Non, moi je descends bientôt, il prendra le relai.
– Bien. Est-ce que je peux avoir ses contacts au cas où... ?
– Euh... rappelez sur ce même numéro...
– Et si personne ne prend ? D'ailleurs pourquoi je devrais encore rappeler ? Je vous ai déjà donné toutes les informations, et donc vous devez les relayer à celui qui va vous relever comme vous êtes pressé de rentrer chez vous.
– D'accord, Monsieur. On vous contacte.
– Merci. Au revoir !

Je me remis sur mes pieds, pris la casserole où je faisais bouillir mon médicament et bus le contenu devenu presque fade. Mon téléphone vibra de nouveau, sûrement pour une énième invitation à la Fête du mouton qui se profilait avec grand bruit. Pourtant, les autorités avaient interdit tout rassemblement en masse, et la police veillait au grain. Mais ce qui agaçait le plus les gens, c'était que certains gouvernants prenaient le malin plaisir d'organiser des meetings où les militants étaient entassés dans des salles exiguës, démasqués, comme à l'époque de la traite des personnes où des hommes et femmes croupissaient et mouraient, emprisonnés dans la honte, dépossédés. D'autres gouvernants, pour faire plaisir à un électorat indolent, allaient pompeusement s'afficher devant les micros, à visage démasqué, et promettaient des tas de choses qu'on avait entendus des milliers de fois et qu'on savait ainsi déjà irréalisables, même avec la volonté du Ciel. Donc ça énervait beaucoup les gens, cette manière de faire que l'on ne disait pas et de dire ce que l'on n'allait jamais faire. Parce qu'en fin de compte, ça contrariait, ça excitait la colère, et ça révoltait.

Le monsieur arriva, quelques heures après, et frappa à la porte. Je me redressai et lui fis signe d'entrer. Il parcourut la pièce de ses regards fouineurs, avant de me demander de porter mon masque comme si je devais lui cacher des choses. Il mit ses gants, sortit un formulaire et commença à me poser des questions du genre si j'étais en contact avec quelqu'un – cela allait de soi -, si j'avais eu à fréquenter d'autres personnes, depuis combien de temps j'étais là... Lorsqu'il me demanda la date et le lieu de ma naissance, je lui remis tout bonnement mon passeport qu'il prit avec beaucoup de soin.

– Redressez la tête en haut, me signala-t-il, pendant que lui-même la tenait.

Il voulut aussitôt mettre l'écouvillon dans ma narine gauche quand je retins son bras de force.

– Qu'est-ce que vous faites ?
– Ça ne fait pas mal.
– Oui, mais ce n'est pas comme ça, me plaignis-je de son geste imprévisible.

Il sentit ma peur et tenta de me calmer en s'excusant. Lorsqu'il termina son boulot, et qu'il retira l'écouvillon, après m'avoir fait vilainement éternuer, il esquiva une déclamation comme pour me dire que lui aussi, il savait agencer les mots pour avertir et dénoncer d'autres maux, lui, un parolier raté qui maintenant soignait les gens avec ses mains. Parce qu'on avait bavardé sur les livres et la littérature.

– Quand est-ce que je vais avoir les résultats ?
– Vous les aurez dans 48 heures.
– Et comment je vais les avoir ?
– Quelqu'un va vous appeler.

Les heures passaient, et moi je continuais à souffrir. Maintenant, je ne sentais plus rien. Je mangeais juste pour remplir mon ventre ; j'avais perdu le goût de tout. Je dormais beaucoup. J'avais commencé à aller de temps en temps aux toilettes ; maintenant j'y allais même très fréquemment, et ça, c'était une épreuve redoutable. Parce que dans une maison familiale où les frères et sœurs empruntaient le même couloir avec les locataires pour aller faire pipi et consorts, on y trouvait donc tout et tout, même les restes de la veille, car certaines personnes, on ne sait pourquoi, d'une rare désinvolture sûrement, ne prenaient aucune peine de verser de l'eau pour faire couler et disparaître leur chose. Aussi, il fallait compter sur ses jambes sur lesquelles on devait s'appuyer pour pouvoir tenir, et viser très adroitement le petit trou en bas. Mais moi, ça ne tenait plus à cause des douleurs qui rongeaient mes muscles. Je faisais ça donc en deux temps, en deux parties pleines. Parfois même, la seconde ratait lorsqu'un individu se pressait lui aussi pour venir se soulager ou pour aller se doucher. La douche et les toilettes se jouxtaient. Voilà pourquoi ça me peinait énormément. Un jour, j'étais à peine entré dans les toilettes qu'une autre personne se glissa dans la douche. J'étouffais. Mais elle y perdait ingratement le temps, et le mien était presque compté. Je décidai alors de me foutre de tout, et sans pudeur, même si cela occasionnerait un bruit fracassant. Cela arriva. Le bruit tonna, traversant les toilettes pour aller envahir la douche. Elle interrompit sa douche. J'interrompis tout aussi, guettant le moindre mouvement et bruit ambiant pour reprendre mon travail déjà entamé. Je repris donc ; elle arrêta. J'arrêtai aussi. Ainsi de suite. Elle finit par comprendre que des choses anormales se passaient de mon côté. Elle se pressa alors et sortit ; j'avais presque terminé.

Ce matin, Ecal m'appela pour aller aux nouvelles de la vie au Sénégal, un peu après l'appel du soignant qui assurait mon suivi. Je lui fis savoir que j'étais à la maison. D'ailleurs, j'avais cette possibilité vu que les prises en charge importunaient grandement, parce que ça bouffait beaucoup d'argent. Beaucoup même : « Et dis aux enfants que je vais bien mieux maintenant », lui avais-je dit. Nene et Antoinette écoutaient, bouche bée : « Je ne leur ai rien dit, tu sais. Elles viennent de l'apprendre de toi tout de suite... ». Ecal me fit comprendre mon imprudence à parler ouvertement de la chose comme si elle était banale. Pourtant ça tuait.

- Je reste donc à la maison. Parce que dans ces centres de traitement là, ce n'est vraiment pas du tout rassurant.
- Ah OK... tu sais..., me dit-elle comme impatiente. Le prédicateur !
- Lequel ?
- Lequel ? Tu ne connais pas celui qui animait l'émission « Christ est Jésus » ?
- Oui. Qu'est-ce qui lui est arrivé ?
- Il est sous respirateur. Apparemment très fatigué.

– Oh non ! Cette chose-là ne va épargner personne. Bizarrement, même les autorités ou les personnes publiques tombent sans moyen d'échapper. Pourtant, certains ont les moyens d'aller se faire soigner.
– Seulement maintenant, on ne peut plus voyager. On est obligé de rester pour mourir de la mauvaise mort comme tout le monde, dit-elle.

J'ouvris vite un nouvel onglet pour vérifier l'information concernant le prédicateur, parce qu'en ces temps de calamité, personne n'attendait son confrère pour vérifier l'information avant de la balancer sur les réseaux sociaux. Ça allait dans tous les sens, et ça fatiguait beaucoup les gens. C'était exact, les journaux en parlaient maintenant, certains avec ironie : « L'homme de Dieu rattrapé par le... », « Le pasteur... devait mettre beaucoup d'eau dans son prêche... », « Qu'est-ce que l'homme de Dieu a fait à la chose ? », « Le loup entre dans la bergerie et attaque le bon berger », caricaturaient-ils comme s'ils étaient eux-mêmes immunisés.

Le pasteur et les fidèles de son église qu'il avait créée en un temps record, me dit Ecal, refusaient de se faire piquer ; il avait été appréhendé par la police qui ne voulait rien comprendre, voulant contraindre tout le monde à prendre le vaccin. Son église attirait des foules maintenant. Il disait, lors de ses prêches sur YouTube, que dans cette affaire-là personne ne devait contraindre personne, que même Dieu ne pouvait contraindre, et que celui qui obligerait quelqu'un, il allait prier pour que la victime trépasse. Cela avait énervé les autorités ; on se rua dans son église pour aller l'embastiller. Au commissariat, il fut soumis à un rude interrogatoire :

– Qui vous a donné cette autorité ? lui demanda-t-on.
– Je n'ai aucune autorité, sinon celle qui vient de Dieu.
– Oui. Confirmez-vous donc ce qu'on vous reproche ?
– Oui. Je n'enlèverai aucun iota. Et malheur à celui qui en retranchera un seul trait.
– Êtes-vous sûr de vos affirmations ?
– J'atteste que quiconque parie… Amenez-moi quelqu'un et tentez de lui inoculer ce machin. Il deviendra aveugle. Je prie.

On partit trouver un brigadier qui s'était débattu comme un diable pour se soustraire à ses collègues dont il n'avait pas compris la démarche et qui ne lui avaient rien soufflé. Lorsqu'il fut immobilisé, on lui injecta le vaccin tant redouté, et aussitôt il devint aveugle : « Qu'est-ce que vous m'avez fait ? Qu'est-ce que vous m'avez fait, espèces de… ! ».

– Alors, vos yeux ont vu ? demanda l'homme de Dieu vers qui se tournèrent maintenant des regards implorants.
– Oui, Pasteur ! répondit-on – désormais, il devenait plus qu'encombrant.
– Heureux ceux qui ont cru sans avoir vu… ! conclut-il, puis pria de nouveau pour la victime, cette fois-ci pour lui permettre de retrouver la vue.

Lorsque le brigadier fut délivré de cette vilaine expérience, lui qui n'avait vu que des pénombres devant lui et avait titubé quelque temps auparavant, jubila de joie. Et le pasteur, disait Ecal, fut conduit chez lui escorté par des motards.

∴

Il est vrai que chacun était sur ses bonnes gardes, parce qu'on craignait de nouvelles vagues de la chose, mais tout le monde pouvait constater que la situation avait considérablement changé à Dakar et dans les autres lieux où la chose avait frappé sans pitié. Les allers-retours reprenaient normalement. Les foires et les autres cérémonies religieuses ou mondaines qui regroupaient des milliers de gens avaient aussi démarré. La distanciation sociale très mal appréciée était mise au rebut. D'ailleurs, certaines personnes n'avaient même pas attendu la fin ou la levée des mesures édictées par l'État pour s'ouvrir grandement au monde. Les commerces, les petits comme les grands, reprirent. Le bruit de la chose s'éloignait, mais les autorités qui avaient elles-mêmes dit qu'on devait apprendre à vivre avec la chose continuaient à parler de ça.

De l'autre côté de l'Atlantique, il semblait que la chose refusât de quitter. Des plans de reconfinement étaient partout en vue. Puis, pour contraindre, un pass vaccinal qu'on nomma « sanitaire » fut imposé à tous. Cela agaçait les bons citoyens qui pensaient qu'on se jouait d'eux, de leur liberté de se mouvoir. Ces gens ne faisaient plus de grand bruit depuis leur balcon et ne dansaient plus comme avant lorsqu'on adoubait les braves agents de la santé ou les sapeurs-pompiers qui klaxonnaient à tue-tête dans les ruelles comme s'ils voulaient s'attirer quelque compassion et reconnaissance.

J'appelais donc Valérie que je devais rencontrer.

– Salut. À qui ai-je l'honneur ?

- Je dois vous remettre quelque chose pour votre sœur, lui dis-je.
- Ah d'accord. On se voit donc dans l'après-midi. Je dois aller faire quelques courses.
- D'accord. Mais à quelle heure dans l'après-midi ? C'est vaste, un après-midi.
- Euh ! Dans l'après-midi *rek*.
- Vous ne pouvez donc pas me donner une heure exacte ?
- Je vous ferai signe, Monsieur.

Puis on se quitta. Voilà ce qui m'avait presque énervé, car pour certaines personnes, le temps était trop élastique, pliable, qu'on pouvait manipuler à souhait. Le temps, ça allait et ça revenait même dans un monde entrelacé. Ça ne mourait pas. Ça ne se ratait pas. On s'en foutait même parfois, car de toutes les manières, le soleil fera jour demain. Les gens laissaient entendre qu'il fallait « laisser le temps aux gens », que « le temps est fait pour l'homme et non le contraire », que cet homme « est le maître du temps ». Finalement, Valérie appela en début de soirée ; elle s'excusa de n'avoir pas eu le temps de rappeler plus tôt.

- Est-ce que tu peux donc m'envoyer l'argent via Orange Money ?
- Orange Money ?
- Oui.
- Et les frais de... ?
- Non, ce n'est pas grave. Les frais d'envoi seront inclus au montant que vous allez m'envoyer.
- Mais pourquoi tu ne pourrais pas venir récupérer cet argent ?
- J'ai encore juste des choses à faire. Je dois voyager demain.

Au début, elle s'était excusée pour un supposé essoufflement qui la chagrinait depuis des décennies. Mais franchement, je n'avais rien à y voir, parce qu'après tout, elle s'était rendue dans la banlieue la veille pour une cérémonie organisée en grande pompe. Maintenant elle me parlait de sa maladie.

- Je comprends. Parce que ta sœur t'a dit que j'ai eu à attraper la chose-là que tu évites de me rencontrer. C'est ça ?
- Non, pas vraiment... Hahahaha... Elle s'esclaffa allègrement pendant que je la sermonnais. C'est un truc... trop violent. Voilà pourquoi j'évite tout ce qui pourrait l'aggraver.
- Je vois. Mais c'est pour dire que parfois le véritable v... qui tue, c'est bien vous. Ce n'est pas la chose-là. Ce sont vos regards de méfiance. Vos jugements qui condamnent. Vos attitudes qui éloignent et séparent les gens. Vos comportements qui isolent, qui tuent ceux qui ne devaient pas du tout mourir.

Certains se tiennent à l'écart, à l'abri des regards et des blablas. On dissimule la chose comme on peut, parce qu'on redoute plus les autres, comme notre voisine qui me fit la confidence des jours suivant sa convalescence.

- J'avoue que j'avais la chose-là.
- Comment tu l'as su ?
- J'avais tous les signes. Je toussais. J'avais mal partout. J'avais des maux de tête. Je m'essoufflais quotidiennement.
- Je me rappelle qu'un jour tu étais venue me demander des médicaments pour les maux de tête. Donc c'était pour ça ?
- Oui, exactement.

– Et pourtant je te taquinais en disant : « est-ce que tu as… ? », mais avant même de terminer ma phrase, tu m'avais balancé : « *Hey, man, coronawouma deh !* »[52].
– Hahaha, rit-elle. Est-ce que ce n'est pas toi qui m'avais contaminée… Tu sais, un jour, comme je ne savais plus quoi faire, je me suis rendue à la pharmacie. Mes pieds ne tenaient presque plus. Tout mon corps tremblait. J'allais tomber de tout mon long lorsqu'un monsieur m'aida. On me prescrivit des médicaments qui me sauvèrent, je ne sais plus lesquels.
– À mon arrivée ici, j'avais l'impression que tout le monde toussait dans la maison. Je prêtais attention à tout bruit pourtant. Mais malheureusement !
– Hahaha, rit-elle de nouveau.
– Tu sais, j'ai une cousine qui me racontait l'autre jour une scène pas vraiment drôle, disons irritante en tout cas. Elle me dit qu'un jour, une ambulance se gara devant leur maison. Des hommes en blouse en descendirent et leur demandèrent, à elle et à sa cohabitante, de faire leurs affaires pour embarquer dans leur voiture. Elles voulurent résister un moment pour s'expliquer sur cette affaire, mais elles furent pressées de monter illico. En fait, le vieux qui logeait avec elles venait de décéder. Il s'était trouvé que c'était la chose-là qui l'avait emporté. Mais ma cousine me dit que le vieux ne sortait pas du salon où il passait tout son temps. Elles non plus, donc personne ne savait ce qui s'était réellement passé. Qui donc avait foutu cette pagaille dans la maison ? À l'hôtel de la place où

[52] « Hey, je ne suis pas atteinte de corona, hein ! »

elles furent conduites comme des brebis à tondre, elles passèrent tout leur temps de quatorzaine à bouffer et à regarder la télévision. Ça avait failli leur faire tourner la tête. Elle n'osa annoncer la nouvelle à personne, de peur de se voir rejetée. Après le temps de réclusion, elles rejoignirent leur domicile nuitamment, loin des regards curieux et des mauvaises langues, même si elles devaient de toute évidence justifier aux proches leur absence ; elles n'y étaient pourtant pas obligées. Elle me demanda de ne rien dire à personne, parce qu'elle avait presque touché le fond pour rien.

– Et la chose-là, d'où pourrait-elle venir ?
– À vrai dire, il semble que c'est la fille aînée du vieux qui amena la chose à la maison. Elle est médecin ; elle a donc dû l'attraper quelque part en contact avec un patient. Du coup, lors de l'une de ses visites, elle l'apporta à la maison. C'est d'ailleurs elle qui fit des arrangements avec les hommes en blouse qui les embarquèrent manu militari.

Pour d'autres comme Joyce, cela entraîna des comportements peu orthodoxes, car ça sentait le vent de l'intolérance à l'endroit de certaines personnes qu'on disait étrangères, ces gens qui seraient à l'origine de ces troubles qu'ils seraient en train de foutre. Parce que lorsque Joyce revint ce soir-là de l'hôtel où elle fut admise des semaines durant, le boutiquier du coin lui sourit, avant de lui balancer :

– Tu savais que tu avais la chose-là, pourquoi tu ne nous as pas avisés ?
– Aviser comment ? lui répondit-elle, surprise.
– Tu aurais simplement dû nous aviser... Tu te rappelles ce jour où tu étais malade ? Tu vois ça ?

Vous ferez mieux de foutre la paix aux gens... Ça étouffe !

Joyce avait presque fondu en larmes. Elle monta directement dans sa chambre pour aller trouver sa voisine qui l'avait rejointe pendant la période du confinement. Mais celle-ci lui fit savoir qu'elle n'y était pour rien, que même si certains voisins avec qui elles n'avaient avant aucun rapport venaient à ses nouvelles, elle n'avait pourtant rien laissé filer, vu que les gens se surveillaient et se hâtaient de bavarder comme si on n'avait plus rien à faire dans la vie que ça. Que tout ce bruit et ce mépris à son endroit étaient assurément occasionnés par l'incident de l'ambulance qui se parqua devant leur porte.

Tout débuta lorsque Joyce sentit des douleurs abdomino-pelviennes. Elle décida un matin, après que le mal l'eut torturée toute la nuit, de se rendre dans un centre de santé qui l'accueillit avec bienveillance. Une consultation de routine, mais comme les soignantes avaient imaginé d'autres choses, du genre avortement clandestin, elle fut soumise à un rude interrogatoire pendant presque toute la matinée, après lui avoir fait passer un examen d'hystéroscopie. Lorsqu'elle décida de regagner la maison, de gros bras la portèrent jusqu'à son domicile. C'était au début de la chose-là bien avant que le citoyen français ne l'amenât au Sénégal. Pourtant, dans son université, on leur avait demandé de rester à la maison ; il en était ainsi pour les stages qui avaient été suspendus. Même les malades s'étaient retirés pour la plupart. Ces hôpitaux, on les fuyait. Et cela arrangeait presque tout le monde. Parce que même les soignants redoutaient diablement la chose qui n'était pourtant pas encore là.

Joyce, au commencement, crut qu'il y avait quelque chose de politique dans toute cette histoire, ou que

Dieu voulait maintenant solder les comptes des insoumis êtres humains qui n'en faisaient qu'à leur tête. Elle pensait donc comme ça, sans précision. Il lui arrivait même de rêver pendant la nuit. Parce qu'un jour, pendant qu'elle sommeillait, elle se retrouva dans un supermarché qui n'avait pas encore abandonné sa politique des « avoirs » et des blablas pour faire chanter les pauvres clients conciliants. Là, un individu tout pestiféré sorti de nulle part se mit à la poursuivre dans le magasin. Elle se faufilait dans les rayons pour s'éclipser afin de ne pas être contaminée. Mais le monsieur la suivait partout, malgré ses plaintes et ses appels au secours sans effets.

Les douleurs provoquées par l'hystéroscopie qui rongeaient ses organes persistaient jusqu'au soir, obligeant Joyce à retourner au centre de santé ; elle n'avait plus le temps ni la force de se changer. Elle y resta jusqu'au petit matin, et retourna de nouveau dans sa chambre où sa voisine l'attendait.

Les douleurs avaient diminué, mais elle ne put rejoindre ses camarades qui avaient programmé de passer la journée à la plage pour se détendre, vu qu'il avait été décrété, par l'État et le gouvernement, de momentanément lever certaines mesures barrières. De retour de la plage, elles se rendirent chez Joyce pour s'enquérir de son état de santé ; à dire vrai, elle s'était maintenant rétablie. Ça avait beaucoup papoté entre camarades de même condition en terre étrangère, se lançant des taquineries, singulièrement sur les bailleurs qui ne cessaient d'abuser de leur jeune culture de la société sénégalaise ; ils les empilaient irrémissiblement à la fin.

Les journées se déroulaient sans vraiment grand changement ; ça restait coincé dans sa chambre, ça bouffait à longueur de journée à se rompre les intestins, des tissus adipeux apparaissaient partout sans qu'on s'en rende compte. Les seuls moments où elle devait respirer de l'air, c'était lorsqu'elle se rendait au supermarché pour y acheter doublement de la nourriture qu'elle fourrait dans le réfrigérateur.

Puis un soir, elle reçut un appel inhabituel de son amie palabreuse qui n'avait pas évoqué la situation politique de son pays qui se déchirait en lambeaux, parce que vers le nord-ouest du pays, ça sentait le bruit de la cessation d'avec le pouvoir central qu'on devinait s'être glissé dans une sorte de déconsidération à leur égard. Toutefois, elles ne parlaient pas de tout cela librement vu que certaines amies en étaient originaires ; mieux valait taire ces sujets politiques même si chacune y songeait dans son cœur. Son amie donc venait lui annoncer qu'elle avait été embarquée dans un centre de traitement de la place, un hôtel disons-nous. Qu'elle avait été testée positive, parce que lorsqu'elle n'allait pas bien, sentant des douleurs partout dans son corps, elle s'était rendue au centre de santé où Joyce avait été brièvement hospitalisée. Du coup, Joyce, comme si son corps attendait ce moment pour réagir, commença à se sentir mal aussi. Elle lui dit qu'elle avait des maux de tête, un début de courbatures et consorts. Joyce, affolée, prit le téléphone pour appeler son papa au pays, lui aussi, médecin de son état.

- Ne crois-tu pas que c'est simplement des histoires de simulation, Papa ?
- Non, pas vraiment. Elle existe bien, cette chose-là. Comment elle est apparue, on n'est vraiment pas trop sûr à l'heure où je te parle.
- Ah, je vois. As-tu donc vu quelqu'un atteint de ça, Papa ?

- Oh que non. Même dans ma clinique, pas vraiment. Les gens viennent toujours, même en nombre réduit, mais juste pour des consultations de routine. Rien de plus. À un moment, j'avais pensé l'avoir attrapée. J'avais des douleurs thoraciques. J'ai fait des prélèvements successivement, mais tout était négatif.
- As-tu pris des médicaments pour ça ?
- Juste des antalgiques pour le moment... J'avais commencé par moment avec des antipyrétiques, parce que j'avais une légère fièvre.
- Ah OK. D'accord. Maman va-t-elle bien ?
- Oui, elle est au bureau, toujours avec sa pile de dossiers qui n'en finit pas.
- D'accord. Je vais l'appeler un peu plus tard.
- Reste bénie, ma fille. Fais attention à toi !
- Merci à toi, Papa !

Joyce resta un moment absorbée ; elle imagina même prendre le téléphone pour appeler sa maman qui savait lire ses pensées. Son papa, trop évasif, n'avait pas su la voir venir et mesurer son angoisse. Sa maman, elle aussi très sensible, se laisserait aller dans ses émotions et risquerait de craquer à l'annonce de la moindre nouvelle inattendue. Voilà pourquoi Joyce appela Docteur Roger qui, après l'avoir entendue, lui balança vertement au téléphone : « Ma sœur, je pense que tu as attrapé la chose-là ! ». Il s'accorda de la mettre en rapport avec un de ses collègues pour qu'elle fasse un prélèvement.

Comme elle s'y attendait, parce que les douleurs persistaient, Joyce reçut un coup de fil lui faisant savoir qu'elle était testée positive, et elle devait choisir entre rester à la maison pour se prendre en charge elle-même ou se rendre dans un hôtel aux frais de l'État. Elle opta pour la première proposition. Mais à sa grande surprise, on l'appela encore quelque temps après pour lui demander de faire ses affaires, qu'on devait l'emmener à l'hôtel, que c'était décidé ainsi par la hiérarchie et que cela devait être exécuté à la lettre sans résistance. Joyce, contrainte, appela son amie palabreuse qui y était déjà pour lui demander ce dont elle aurait besoin à l'hôtel : savon, brosse à dents et consorts, des bonbons... Paraît-il que là-bas, on ne se fréquentait pas, que les hommes et les femmes ne partageaient plus depuis quelques jours le même palier, pas seulement pour limiter la propagation de la chose, mais parce qu'il y avait eu des cas suspects de visite inopportune à des heures tardives de la nuit.

L'ambulance stationna donc, en fanfare, après avoir longuement klaxonné devant l'appartement où résidait Joyce. Les habitants sortirent de leurs maisons, fouilleurs. Joyce monta vite pour ne pas se faire repérer. Il y avait là dans la voiture d'autres impactés qu'on avait ramassés en chemin. Joyce voulut de nouveau résister pour convaincre le chauffeur. Ce dernier lui fit encore remarquer qu'il n'y était pour rien, qu'elle ne devait pas s'en prendre vachement à lui, après lui avoir tendu le tas de formulaires que Joyce scruta furtivement, avec indifférence. La voiture fila pour encore aller ramasser d'autres impactés dans les environs avant de chuter à l'hôtel.

À vrai dire, la chambre d'hôtel était peu confortable ; une atmosphère de solitude s'en dégageait dès que Joyce y entra. Il y avait par-ci des débris de tissus et de mouchoirs, par-là des restes de nourriture et consorts. Des toilettes sortait une odeur revêche. Les placards de l'armoire croulaient. Le robinet du lavabo lâchait également. Le volet de la fenêtre avait cédé et était tout bonnement déposé en bas sur le mur. Joyce se trouvait là, au milieu de la place qui l'entourait de toutes parts sans savoir exactement ce qu'elle devait faire après. Elle présuma qu'une autre personne, une impactée, venait de quitter la chambre. Elle prit la commande et appuya sur le menu, puis sur les touches. Elle zappa laborieusement quelques chaînes de la grosse télé avant de jeter la commande paresseusement sur la table. Elle alla s'affaler sur le lit mal fait pour noyer, à l'aide d'un sommeil intrusif, son mal vivre.

Ces nuits, elle les redoutait si effroyablement qu'elle peinait à dormir. Lorsqu'après le petit-déjeuner, une dame se pointa à la porte, Joyce, qui ne souriait plus, commença à lui lancer toutes sortes d'imprécations.

- Calmez-vous, Mademoiselle ! tenta-t-elle de la consoler. C'est juste que vous ne dormez pas assez.
- Je ne parle pas de ça, mais ce que je subis comme traitement n'est guère amusant. Regardez, j'avais hier de violents maux de tête, et pour simplement du Paracétamol que j'ai demandé, rien. Depuis hier.
- OK. Je vous en donne tout de suite, répondit le monsieur qui, de la porte, scruta la scène, engouffré dans sa casaque.

Le monsieur caressait sa lèvre inférieure par son index gauche, le creux de sa main droite soutenant son coude gauche. Il s'était légèrement accosté au battant de la porte, explorant avec torpeur la scène qui se déroulait sous ses yeux. Il avait l'impression que l'attitude de Joyce révélait un tas de misères. Qu'elle souffrait d'un manque d'attention ou d'amour ou que de toute façon, cela avait un lien avec une relation en souffrance du genre un amour entamé, mais non abouti et donc non consommé, tout cela à cause de la chose-là. Parce que le Cupidon, lui le vieux Blanc un peu fatigué par le poids de l'âge, avait promis de quitter son pays afin de la rencontrer et de sceller officiellement leur union pour le meilleur et pour le pire, mais que ce vieux retraité un peu désœuvré subissait maintenant la loi du confinement à l'autre bout du monde où les gens de sa génération mouraient facilement. Redoutant alors de se jeter dans la mare de la malédiction, vu que chez Joyce il semblait que cette chose fût liée à ça, le vieux retira ses maigres pieds dans son lit, et se promis de suspendre son projet de voyage ; le voyage fut donc reporté à une date très inconnue. Joyce, qui avait déchanté et était un peu dégoutée, ne roulait plus le R comme elle le faisait au début de cette relation à distance, comme si cette langue-là ne lui procurait plus aucun avenir certain. Le vieux, de son lieu de réclusion, ruminait son brisement de cœur et son infortune ; il s'ennuyait à longueur de journée à scruter les photos taillées sur mesure qu'il avait reçues de Joyce, dans l'espoir que les événements changent et redeviennent selon sa volonté comme avant.

- Et vous... pourquoi tout ce protocole ? Je suis médecin aussi ! Je suis à Saint-Christopher, pestait Joyce.
- C'est le Major qui s'en occupe. Voilà pourquoi, Madame !
- Calmez-vous, Madame, continua la dame qui ressemblait à une psychothérapeute.

Le monsieur fila en bas prendre une tablette qu'il lui tendit, par l'intermédiaire de la dame ; il redoutait de s'adresser directement à Joyce tout enragée. Lorsque le monsieur se barra, après lui avoir confié que le médecin promettait de passer tous les matins lui faire des consultations, Joyce avait laissé entendre que pour son cas elle ne comprenait plus, le monsieur en casaque y était pour quelque chose. D'abord, il foutait longuement l'écouvillon dans ses narines au point de causer des irritations. Et quand Joyce lui demandait de faire un prélèvement buccal, le monsieur lui disait tout simplement qu'il ne s'y connaissait pas. Mais surtout, elle avait constaté que les résultats de ses multiples tests étaient sans raison tantôt positifs, tantôt négatifs.

- Curieusement, je remarque que lorsque ce monsieur... passe me voir, le test est toujours positif, dit-elle à la dame.
- D'accord...
- Je ne vous coupe pas, mais je pense bien que ça ne va pas avec ce monsieur. D'abord il porte toujours les mêmes gants, les mêmes... Et puis, il n'utilise pas de désinfectant. Il me ramène toujours le virus d'ailleurs, et il croit que ça provient de moi. Je suis médecin, je sais comment ça se passe.
- D'accord. Je vais en parler au médecin. Désolée. En attendant, rassurez-vous que ce n'est rien du tout. Ça va passer. C'est un... truc comme tout autre, hein !
- Oui, je sais.
- Allez, à bientôt et prompt rétablissement, Madame !
- Merci à vous !

Le médecin, qui l'appelait maintenant journellement, lui fit comprendre que cette histoire de « négatif positif » pourrait être liée au fait que la chose devenait tantôt inoffensive, donc sommeillant lorsque Joyce se calmait, et dès qu'elle s'agitait et devenait agressive, son système immunitaire se trouvait attaqué et la chose devenait très animée. Elle devait donc beaucoup dormir et se soumettre entièrement aux recommandations qu'on imposait si elle voulait sortir de l'hôtel le plus tôt possible.

C'est le charme. Parce qu'il semble que la chose-là fit et devait encore faire plus de dégâts – ici-même et ailleurs – avec des experts et autres spécialistes dont les avis divergent presque toujours. Mais à y regarder de plus près, il faut dire que chez nous, l'autre chose plus redoutable arrive toujours pendant les périodes durant lesquelles les enfants et les gens fragiles sont envoyés dans les campagnes pour socialement se distancier du reste des grandes agglomérations, pour fuir les troubles pré et post-électoraux. Car même si la chose ne contamine que quelques personnes, pas de milliers de cas en tout cas, c'est-à-dire seulement les chefs de parti et candidats aux élections, et peut-être même des millions de cas communautaires des militants surexcités, ça fait en tout cas perdre le goût, l'odorat et l'ouïe. Car on ne sent rien. On ne voit rien. On n'entend plus rien. Tout ce qui compte ou qui intéresse, ce sont les élections. Et le reste, la masse populaire, les vrais impactés, continue de tousser, d'avoir des maux de tête, d'avoir des courbatures, etc., tout en espérant trouver un sauveur pour le prochain vaccin salvateur afin de contraindre le tout nouveau variant mortel de la même espèce, plus mortel que le précédent, aussi brouillon que son vaccin. Mais en attendant, portez vos masques, de peur de fumer les lacrymogènes, car ça va arriver de toutes les manières.

Structures éditoriales du groupe L'Harmattan

L'Harmattan Italie
Via degli Artisti, 15
10124 Torino
harmattan.italia@gmail.com

L'Harmattan Hongrie
Kossuth l. u. 14-16.
1053 Budapest
harmattan@harmattan.hu

L'Harmattan Sénégal
10 VDN en face Mermoz
BP 45034 Dakar-Fann
senharmattan@gmail.com

L'Harmattan Cameroun
TSINGA/FECAFOOT
BP 11486 Yaoundé
inkoukam@gmail.com

L'Harmattan Burkina Faso
Achille Somé – tengnule@hotmail.fr

L'Harmattan Guinée
Almamya, rue KA 028 OKB Agency
BP 3470 Conakry
harmattanguinee@yahoo.fr

L'Harmattan RDC
185, avenue Nyangwe
Commune de Lingwala – Kinshasa
matangilamusadila@yahoo.fr

L'Harmattan Congo
219, avenue Nelson Mandela
BP 2874 Brazzaville
harmattan.congo@yahoo.fr

L'Harmattan Mali
ACI 2000 - Immeuble Mgr Jean Marie Cisse
Bureau 10
BP 145 Bamako-Mali
mali@harmattan.fr

L'Harmattan Togo
Djidjole – Lomé
Maison Amela
face EPP BATOME
ddamela@aol.com

L'Harmattan Côte d'Ivoire
Résidence Karl – Cité des Arts
Abidjan-Cocody
03 BP 1588 Abidjan
espace_harmattan.ci@hotmail.fr

Nos librairies en France

Librairie internationale
16, rue des Écoles
75005 Paris
librairie.internationale@harmattan.fr
01 40 46 79 11
www.librairieharmattan.com

Librairie des savoirs
21, rue des Écoles
75005 Paris
librairie.sh@harmattan.fr
01 46 34 13 71
www.librairieharmattansh.com

Librairie Le Lucernaire
53, rue Notre-Dame-des-Champs
75006 Paris
librairie@lucernaire.fr
01 42 22 67 13